龍
啻異
黃泉委託人
顫慄之森

顫慄之森

楔子・恐怖旅程 008
第1章・重操舊業 016
第2章・驅魔師 038
第3章・死亡的味道 065
第4章・生還者 085
第5章・死亡森林 105
第6章・任凡的死穴 130
第7章・死鬥 164
第8章・真相 196
尾聲・兩個女人 219
番外・命運的盡頭 228
後記 239

人物簡介

謝任凡

一名看似平凡的男子，在黃泉界卻有一個響噹噹的名號——「黃泉委託人」。在陰年陰月陰日陰時陰分陰地出生的極陰之子，擁有強大的靈力與陰陽眼，藉著自己的能力，替鬼辦事收取酬勞為生。前往歐洲尋找生母，卻也意外地開啟了黃泉界最負盛名的潘朵拉之門，因此被死神盯上，身受死神印記之苦。如果想要存活，必須在限制時間之內，找到從潘朵拉之門逃出的惡靈，才能繼續延續自己的生命，也因此誕生出一段傳奇——「任凡的行進」。

艾蜜莉

流浪巴黎街頭的小女孩鬼魂，偶然與任凡相識，並請求任凡搭救她的母親。雖然最後沒能成功救回，但艾蜜莉的母親在下地獄接受輪迴審判前，將艾蜜莉託給任凡，從此艾蜜莉便一直跟著任凡。此外還有一隻名為利迪亞的寵物貓靈跟隨在旁，跟著任凡一起踏上黃泉界最負盛名的傳奇——「任凡的行進」。

小憐、小碧

兩人原為黑靈，在任凡的感化下，化解了怨氣，並一起成為任凡的妻子。兩人互認為異姓姊妹，比較成熟嫻淑的小碧是為姊姊，而比較俏皮可愛的小憐則為妹妹。雖然與任凡一起來到歐洲，但是卻在任凡被死神標記後，被任凡驅離，目前下落不明。

撚婆

被法師界尊稱為「三爺四婆」中的撚婆，使用的法器為香灰。即便在法師界頂點被人尊稱為三爺四婆的七位法師中，也是最德高望重的一位。收養了任凡為養子的她，一手撫養任凡長大。雖然法力高強，但因為年事已高，已經退隱山林，目前獨居在台北。

珠婆

「三爺四婆」中的珠婆，使用的法器為法珠。在一場荒唐的法器大戰中獲勝，也導致任凡選擇了學習彈弓。雖然被人稱為珠婆，但是本人非常討厭這個稱號，甚至揚言誰敢在面前這樣叫她，就會打得他滿地找牙。

千爺

「三爺四婆」中的千爺，使用的法器為古時候被稱之為「千千」的陀螺。當年為了讓年幼的任凡不要無所事事、調皮搗蛋，決定讓他學點東西，而與珠婆進行了一場法器大戰，最後不幸落敗。雖然事後偷偷教了任凡所有關於陀螺的技巧，但還是沒能得到任凡的青睞，後來任凡終究以使用彈弓為主。

戴爾

出生於普里瓦郊區的樵夫，生前因為與鎮民們共同殺害了獨耳泰勒，而被獨耳泰勒折磨長達百餘年，直到任凡打倒了獨耳泰勒為止。為了報恩，便跟在任凡身邊。

馬可波羅

原本非常喜歡任凡，卻在死神標記後自認看清了任凡，對任凡徹底失望的馬可波羅，在離開任凡身邊後，也開始了新書的創作。為了撰寫新書《你不能不知的真相——黃泉委託人的真面目》，再度開始雲遊歐洲。

死神一二九

在任凡身上烙上死神印記的死神，不願透露其名，只知道他的死神編號為一二九。為了拯救生母的靈魂，任凡開啟了潘朵拉之門，導致許多威力強大，或被死神通緝的凶靈，全重返人間，觸怒了死神。為此，死神一二九主動找上任凡，要任凡贖罪，並利用任凡來幫自己建功。而任凡身上的死神印記，每隔一段時間就會發作，且時間間隔越來越短，痛苦程度也會越加劇烈，若是在時間內沒有抓到任何一隻從潘朵拉之門逃出的惡靈，任凡就會死亡，並且永生永世成為死神一二九的奴隸。

楔子・恐怖旅程

今天的夜晚顯得異常寧靜。

原本應該有很多聲音的夜晚森林，此刻卻只有鞋子踩碎枯葉所發出來的細微聲響，在森林中迴盪。

三男三女走在林間這勉強算是小路的路上。

「很好！」走在最前面，叫做傑西的男子咆哮道：「現在我們得要用走的，回去那個鳥不拉屎的旅社。」

聽到傑西這麼說，走在傑西後面叫做菲爾的男子臉上露出不悅。

「你是有完沒完啊？」菲爾不悅地說：「可不可以不要一直抱怨？」

「你還好意思說？」聽到菲爾這麼說，傑西的火氣更大，轉過頭來對菲爾咆哮道：「打從一開始你就不應該跟我們的司機吵架！」

「你以為我想嗎？」菲爾一臉厭惡地說：「那傢伙根本就是個流氓，你不要說你沒看到那傢伙看黎安娜的眼神，打從一開始他就不安好心眼。」

聽到菲爾這麼說，原本走在後面名為伊芙的女孩此時也受不了，開口加入戰局。

「就算他看了黎安娜幾眼，」伊芙一臉不屑地說：「你有必要那麼衝嗎？如果不是你一開始就警告他，他會對我們那麼不客氣嗎？」

伊芙很不喜歡這趟旅程中，二個男生都極盡所能想要討好黎安娜的模樣，這讓她感覺很不舒服。

現在甚至因為這樣，害自己得大半夜走在這片森林中，更是讓伊芙感到不爽。

「太好了！」菲爾攤開手叫道：「所有人都怪我一個人，你們為什麼不去死？」

另外一名叫做傑夫，走在隊伍最後面的男子，絲毫沒有想要加入戰局的意思。

而看似起因就是自己的黎安娜，也不便多說什麼，更不想蹚這個渾水。

「不要吵了好不好？」走在中間的女孩雪儂，對著大家說：「我們趕快回去吧。」

聽到雪儂這麼說，傑西也不想多說了，大夥低著頭不發一語地走路，一心只想著趕快走出這片森林，回到旅社後好好躺在床上睡覺。

這同行的六個人，是在一個自助旅遊的網站上認識的同好。

名義上雖然是朋友，但說穿了，也不過就是認識半年到一年不等的網友。

由於大家都對自助旅遊有興趣，便經由自助旅遊網站相約出遊。

畢竟多幾個人多點照應，雖然自由度可能因此打折扣，不過對於第一次自助旅行的人來說，這樣的旅行比起參加旅行社的那種走馬看花要來得好玩多了。

雖然彼此都不算完全的陌生人，但網路上跟現實生活中認識的人，終究有段差距。所以在這趟旅程之中，已經不知道發生過幾次類似這樣的爭吵了，主要的起因大多都跟黎安娜脫不了關係。

長相甜美的黎安娜，早在出發前就已經擄獲了三名男性的心，三人在這趟旅程中，彷彿在進行一場競賽，勝利者的獎品當然就是黎安娜。

三個男人在旅程中無所不用其極地表現自己，也因此常常有許多摩擦。像今天在出發前，就只因為司機多看了黎安娜幾眼，就被菲爾罵到臭頭。

雖然順利上路，但司機也心生不滿，稍後雙方又在路程中吵了起來，最後司機把眾人趕下車，自行開車走了。

眾人被丟在一個名叫希布羅林的村莊外，在詢問後，才知道這裡距離他們計畫投宿的旅社，如果走捷徑穿越東邊的森林，就只有幾公里的路程。

於是六人又在一陣爭吵後，決定放棄今天安排的行程，先回到旅社再說。

由於小鎮人口少，更沒有可以借給他們的交通工具，眾人決定徒步穿越森林。

想不到這一走從下午走到入夜，還是沒辦法穿越森林。

六人走到精疲力盡，火氣也越來越大。

爭吵後，六人沉默地走在林間小路上。

樹影搖曳，風聲驚心。

在沉默的森林中走著，總有些奇怪的聲影，會讓人胡思亂想。

走在隊伍中間的雪儂，一直覺得自己好像聽到很多不屬於森林該有的聲音。

這種令人沉悶的氣氛與絕對不適合沉靜的環境，讓雪儂受不了。

「你們幹嘛都不說話？」雪儂搓著自己的手臂，一臉委屈地說。

「奇怪耶妳，」菲爾沒好氣地說：「叫我們不要吵，又嫌我們不說話。」

「不是啊，」雪儂一臉快要哭出來的表情說：「不要吵架，還是可以講話吧？」

「想講妳自己講吧！」

現在的菲爾就好像吃了火藥罐，不管是誰對上都只是自討沒趣而已。

因此雪儂不想再接話，只能抿著嘴繼續走。

這時走在最前面的傑西突然停了下來。

「停下來幹嘛？」菲爾不悅地問。

「我剛剛，」傑西用手指著前面說：「好像看到……有什麼東西，晃過去。」

「不要嚇人好不好？」

早就已經被嚇到疑神疑鬼的雪儂，立刻往旁邊的伊芙靠過去。

其他人聽傑西這麼說，也開始查看四周。

好像看到什麼，伊芙瞇起了眼睛，將頭向前一伸，想要看清楚一點。

然後，伊芙終於看清楚自己想要看的東西，旋即臉色驟變。

「嗚啊！」伊芙叫道：「樹、樹、樹……」

「啊？」

過度的驚恐讓伊芙根本講不出完整的句子，所有人只能順著伊芙手指的方向看過去。

那個方向什麼都沒有，就只是一般森林的普通景象，大樹聚集在一起，茂密的樹枝交纏在空中，一根根垂下來如鬚般的氣根與樹藤，就好像泰山的遊樂場一樣，掛在樹梢。

這樣的景象放眼皆是，實在不知道伊芙在叫什麼。

「垂下來的，」伊芙繼續叫道：「垂下來的那些……」

「妳到底在驚慌什麼啊！」菲爾不耐煩地叫道：「垂下來的不就是樹……」

菲爾話說到一半，張大了嘴，卻再也說不出半個字。

因為他終於看到讓伊芙驚慌失措的東西了。

那些垂下來的東西根本就不是什麼氣根、樹藤，而是一隻隻像人類雙腳的東西！

而且真正恐怖的，是這些雙腳不止一兩雙，而是好幾百雙就這樣掛在樹梢。

「嗚哇！」

「啊！」

三名女性異口同聲地尖叫起來，另外三個男人雖然沒有叫出聲，但每個人都驚慌失措地看著四周。

果然只要仔細一看，森林到處都是彷彿樹藤的雙腳。

就在眾人尖叫成一團的同時，森林似乎也被這陣尖叫聲喚醒了。

只見那些樹藤般的雙腳，一個個往下垂降，露出了上半身。

果然那些腳都是人類的，只見一個個被吊死的人，就這樣垂掛在樹梢。

「快走！」傑夫叫道：「我們快點逃出這個鬼地方！」

就在傑夫這麼叫的同時，那些被吊死的屍體，彷彿成熟的果實般，一個接著一個落下，只剩下用樹藤、樹枝做成的套圈吊在樹上左右搖晃。

「啊！」

在一陣嘶聲尖叫後，雪儂再也不管那麼多，開始朝前面狂奔。

其他人見狀，也跟著雪儂一起跑起來。

六人在林間小道狂奔，而這時左右兩側的樹林，許多藤蔓也竄了出來。

好像聽到後面有聲音，跑在最後一個的黎安娜回頭看了一眼。

「啊！」黎安娜尖叫了出來。

眾人聽到黎安娜的叫聲，紛紛回頭看了一眼。

後方，樹藤彷彿在地上狂舞的巨蟒般，緊追著六人不放。

六人見狀根本不敢慢下來，繼續向前狂衝。

跑在最前面的伊芙，這時也不再管那麼多，自顧自地往前衝。

就在這時，不知道從哪裡冒出來的樹藤，好像陷阱般，套住了黎安娜，黎安娜連叫都來不及叫，就被吊了上去，那模樣好像從水中被人釣起來的魚兒般。

跑在斜前方的傑夫，轉個頭想看看黎安娜，卻已經看不到黎安娜的身影。

正想開口跟大家說，豈料不知道什麼東西纏住了傑夫的腳，倏地一聲將傑夫拉入旁邊的森林中。

在傑夫被拉入森林裡後，其他三人也緊接著一個個，紛紛被拉入森林中。

最後就只剩下伊芙一個人，獨自向前狂奔。

眼前一根橫木倒在林間小道上，所幸橫木並不高，所以伊芙加快腳下的速度，往橫木衝去，順勢伸出一手當支點撐著橫木，奮力一跳，準備越過橫木。

就在伊芙跳過橫木時，旁邊一條藤蔓立刻席捲而來，纏住了她的身體。

「啊！」伊芙嘴中發出刺耳的尖叫聲。

就在伊芙被拖走的同時，那陣刺耳的尖叫聲戛然而止。

林間小道上只剩下藤蔓拉扯的緊繃聲，與樹葉之間摩擦的微微細語。

微風吹過，捲起了地上的一些枯葉，一切就好像沒有發生過一樣。

而就在這幾個自助旅行團的成員，一個接著一個被拖入森林深處的同時，另一對男女正緩緩走上這條相同的林間小路。

當然，對於眼前這片兩人即將步入的森林，有多麼危險與恐怖，兩人是毫無所知。

第1章・重操舊業

1

從東邊方向吹來的晚風，宛如一隻看不見的手，將萊茵河上那片水氣凝聚而成的薄紗輕輕地掀了開來。

水氣薄紗順著山壁向上翻滾，將西岸一座位於峭壁上的古堡完全覆蓋起來。

從遠處看，彷彿就是一座位於煉獄之中的古堡，不斷冒著熱氣。

不管是在人世間還是黃泉界，現在的這裡都是被人遺忘的國度。

幾個月前，這裡曾經有過一段輝煌的時光，一名從東方來的男人把這裡當成了根據地，讓它成為黃泉界最赫赫有名的地標。

然而在黃泉界謠傳著那個東方來的男人已經死亡的現在，這裡又回到它最原始的孤寂面貌。

從萊茵河捲上來的水霧，更讓這裡添了一抹神秘的色彩。

通往古堡的路上，一個熟悉的男子身影，緩緩地從森林裡面走了出來。

這個男子不是別人，正是這座古堡的主人，黃泉委託人謝任凡。

任凡身後跟著一大一小兩個鬼魂，大的那個是名為戴爾的男鬼，揹著一把斧頭，雙眼張得大大的，似乎對眼前的一切都感覺到新鮮。

小的那個是名為艾蜜莉的小女孩鬼魂，手上還抱著自己的愛貓利迪亞。

這是兩人第一次造訪這個被任凡當作根據地的古堡，對艾蜜莉來說，這裡的一切她早就聽媽媽提過，不過親眼見到倒是第一次。

至於戴爾則是剛從一個百年多的詛咒中脫身，現在人世間的一切對他來說都很陌生。

一人兩鬼走入古堡中，碰觸感受著古堡裡面熟悉的景物，回憶在任凡的腦海中打轉。

身為黃泉委託人，任凡的生活一直都是驚濤駭浪，絕對不能用平靜兩個字來形容。

然而，對就算是在大風大浪之中長大的任凡來說，過去的這幾個月，也真的是太過滄桑了。

先是與傳說中的三大神器交手，然後和其中一個神器攜手合作，不知為何雙目意外失明，最後為了救出自己的母親而打開的那扇門，竟是西方界最惡名昭彰的潘朵拉之門。

原本以為事情已經告一段落的任凡與飛燕，在這座古堡等待茹茵的時候，被滅龍會的本部長詩織偷襲，任凡與詩織兩人雙雙墜入萊茵河。

一想到茹茵，任凡的心又揪了一下。

不知道茹茵現在怎麼樣了？

不過對茹茵，任凡其實一點也不擔心。

或許這也是另外一個好結局，自己始終沒有跟茹茵見上一面。

而且任凡也相信，有飛燕在茹茵身邊，茹茵此刻肯定比自己的情況要好多了。

在跟詩織兩人墜入萊茵河後，任凡雖然在小憐、小碧的救助下，僥倖逃過一劫，但卻被死神一二九盯上，要他為打開潘朵拉之門負責，甚至還在任凡的身上留下了死神的標記。

死神印記，是個來自死神的死亡倒數，被標記的人，等於被死神下了死亡宣告，如果不能在時限內，達成死神的要求便會死亡，並成為死神永遠的奴隸。

在被死神標記之後，任凡便決定打倒那個肆意妄為的死神一二九。

非常了解這將會是一條不歸路的任凡，將一直以來都跟在自己身邊的小憐、小碧趕走，就是希望兩人不要一起踏上這條路。

然而，人算不如天算，這個刺殺死神的計畫，最後因為艾蜜莉的出現而有了變化。

為了拯救艾蜜莉的母親，任凡用死神的小刀當成交換條件，讓死神一二九將艾蜜莉的母親帶往地獄，免於一死。

既然已經不準備再刺殺死神一二九，任凡當然希望能夠確定小憐與小碧的安全。

任凡想知道兩人是不是真的聽自己的話，去枉死城報到了，還是她們另有打算？

因此任凡帶著戴爾與艾蜜莉回到古堡，就是希望如果她們沒到枉死城，可以在這裡找到兩人。

「我們來這裡做什麼呢？」艾蜜莉眨著一對大眼睛看著任凡問道。

「來找兩個對我來說非常重要的人。」任凡淡淡地說：「我不知道她們現在人在哪裡，所以來這裡碰碰運氣。」

不要說人影，看著空蕩蕩連一隻鬼魂都沒有的古堡，不用任凡說，艾蜜莉也知道結果如何了。

「既然很重要，」艾蜜莉皺著眉頭問道：「為什麼會不見呢？」

「……因為我把她們趕走了。」任凡開始覺得不耐煩，微皺著眉頭說。

「你為什麼要把她們趕走呢？」艾蜜莉瞪大雙眼，一臉疑惑地問。

「妳為什麼問題那麼多？」任凡揮了揮手要艾蜜莉走開。

艾蜜莉自討沒趣地對任凡扮了個鬼臉之後，轉身朝戴爾過去。

「因為你就是死個性！」聽到艾蜜莉這麼問，任凡腦海裡浮現撚婆曾經說過的話。「不管什麼事情都愛逞強，講都講不聽，一個腦袋跟石頭沒什麼兩樣。」

任凡搖了搖頭，既然兩人不在這裡，就只能希望兩人真的如自己所希望的那樣，不是回去找撚婆，就是真的下去枉死城報到了。

如果在台灣，他有很多方法可以找到兩人的下落，偏偏現在任凡人在歐洲，他很懷疑在歐洲是不是真的可以找到會觀落陰或請鬼上來的法師。

「任凡。」

這時在一旁的戴爾，突然叫了任凡一聲。

就在戴爾叫自己的同時，任凡也感覺到了。

他點點頭，表示自己也知道了。

任凡示意戴爾注意艾蜜莉，自己則朝大門走過去。

雖然任凡的雙眼仍然看不見，但對黃泉界的感應力，卻比過去更加強烈。

因此當大門口出現陌生的鬼魂時，任凡也立刻感應到了。

來的鬼魂是一個陌生的中年大嬸，她仰著頭望著這聳立在一片水霧之中的古堡，臉上是一抹難以形容的憂慮。

現在的她什麼都不能做，只能祈禱，祈禱這座古堡的主人，真的如傳言一般，可以解決令她坐立難安的困擾。

2

雖然好不容易找到了這座傳說中的古堡，但這個中年大嬸卻只是在古堡門前踱步。

關於這座古堡的主人——黃泉委託人，大嬸當然也已經聽過許許多多關於他的傳聞。

其中讓她最在意的，就是這個無所不能的黃泉委託人，有所謂的六大不接原則。

在黃泉委託人的辦公室裡，立有六塊木板，上面用東方的文字寫著黃泉委託人的六大不接原則。

據說所有要委託黃泉委託人的鬼魂，在開口說出委託之前，都有兩個女鬼會向他們解說這六條原則。

那六條原則分別是：

一、沒有酬勞或利益的工作不接

二、牽扯到雙鬼之間恩怨的工作不接

三、抓替身、找替死鬼的工作不接

四、會因此惹禍上身的工作不接

五、破壞天理循環、傷風敗俗的工作不接

六、與黑靈打交道的工作不接。

在確定委託沒有違背這六大不接原則之後，黃泉委託人才會聆聽鬼魂的委託。

當然，會讓這位中年大嬸在這裡裹足不前的原因，自然是因為她的委託，違背了這六大原則裡面的……嗯，幾項。

在黃泉界的消息從古至今一直都是口耳相傳，雖然說不管是東方還是西方，都有像是黃泉通信、今日黃泉等著名的黃泉新聞，但畢竟不是跟人世間的新聞報社一樣，以紙與電視為基礎，普及性並不那麼廣泛，所以這位中年大嬸所聽到，許多關於黃泉委託人的傳聞，不是錯誤百出、以訛傳訛，就是誇張離譜。

不過在這些眾多傳聞之中，有些東西卻是大同小異，不斷出現在各個傳聞中。

例如這六大不接原則就是其中之一。

可以想見的是，如果違背了這六大不接原則，基本上都會被黃泉委託人拒於門外的。

就在中年大嬸不知道該如何是好的時候，一個身影從古堡中走了出來。

「妳是誰？」走出來的人影是個男人，對著中年大嬸問道：「在這裡做什麼？」

中年大嬸打量了一下這個活人，雖然他雙眼看不見，但卻對著自己說話，很明顯可以感覺到她這個鬼魂的存在。

中年大嬸猶豫了一會之後，略顯畏縮地說：「我想要找黃泉委託人。」

「妳沒聽到傳聞嗎？」男人揮了揮手說：「黃泉委託人已經不存在了。」

聽到男人這麼說，中年大嬸臉上頓時浮現出絕望的表情。

想不到自己前一刻還在想著黃泉委託人會不會接受自己的委託，下一刻卻被人告知黃泉委託人根本已經不存在了，這讓中年大嬸感到無比的失落。

對她來說，黃泉委託人已經是自己最後的希望了，想不到這個希望卻被一個男人用一句話簡簡單單地就打破了，中年大嬸的失望可想而知。

中年大嬸點點頭，一臉哀傷地張開了嘴，但是什麼話也沒說出口就又吞了回去，轉身想要離開，但只轉了一半，就愣在那裡，雙肩開始微顫，淚水從雙頰上滑落。

艾蜜莉見狀，氣沖沖地跑了出來。

「大哥哥又在騙人了，」艾蜜莉跺腳，對著剛剛與大嬸說話的男人，也就是任凡啐道：「老是這樣騙人，小心你的鼻子會變長喔！」

「不要把我跟妳相提並論，」任凡冷冷地揮了揮手說：「只有妳會相信那種無聊的童話故事。」

「哼！」艾蜜莉撇過頭去不理任凡，對著中年大嬸說：「大嬸，妳不要難過，妳可以跟我說，妳想找黃泉委託人做什麼？」

在艾蜜莉的安慰下，中年大嬸慢慢平復情緒，一旁的任凡卻只是垮著一張臉搖了搖頭，畢竟現在的任凡實在沒那個心情再當什麼黃泉委託人。

艾蜜莉比了個手勢，示意要中年大嬸把自己的委託說出來，中年大嬸才剛要開口，一旁的任凡卻舉起了手阻止。

「等等，」任凡正色道：「在妳開口之前，我想先問問妳，有沒有聽過黃泉委託人的六大不接原則？」

「……有。」中年大嬸掙扎了一會之後淡淡地答道。

「妳知道那六大原則分別是什麼嗎？」

「……知道。」

「妳要委託的事情，有沒有違背那六大不接原則？」

這一次，中年婦人猶豫了好一陣子之後，才緩緩舉起雙手，比出了三跟五。

由於雙眼看不到，戴爾便靠到任凡耳邊，將中年婦人比出三跟五的事情告訴他。

任凡聽到戴爾的描述之後，臉色立刻沉了下來。

這六大不接原則是任凡自己訂立的，自然對這六條倒背如流。

這六項原則之中的第三條與第五條，分別是「抓替身、找替死鬼的工作不接」與「破壞天理循環、傷風敗俗的工作不接」。

在任凡的六大不接原則之中，總是有被迫、被騙或者特殊情況下破例的案例。

然而，在這六大原則之中，任凡最不想例外的兩大原則，便是女子所比出的這兩個原則。

「既然是這樣的話，」任凡揮了揮手說：「就請妳不要開口了，違背這兩個原則，妳要找的黃泉委託人連聽都不會想聽。」

「不是，」中年大嬸揮了揮手，用幾乎聽不到的聲音說：「是只有這兩個……算沒有違背，其他四項……」

「其他四項怎樣？」任凡挑眉問道。

「都有……一點點，嗯，違背。」

任凡上吊著雙眼搖了搖頭。

果然打從一開始感覺這個中年大嬸在門口猶豫不決的模樣，任凡第一個想到的就是這肯定又是一個空著雙手就想要來委託的鬼魂。

結果情況不但正如任凡所預料的那樣，還更是雪上加霜。

看到任凡一臉不悅的模樣，中年大嬸自覺地低下了頭，一臉愧疚。

雖然以前就常常聽媽媽說一些關於黃泉委託人的事情，但這六大原則，因為太過複雜，所以艾蜜莉的媽媽只跟艾蜜莉說過，要找黃泉委託人委託事情必須準備酬勞，這個天字第一號的原則而已。

所以聽到任凡說什麼六大原則的，艾蜜莉完全沒有聽說過。

「到底是誰訂的？什麼六大原則？」艾蜜莉嘟著嘴，皺著眉頭問道。

「我。」任凡冷冷地答道。

「你不是不當黃泉委託人了嗎？」艾蜜莉似笑非笑地說：「所以可以不用管這六大原則了啊，不是嗎？」

雖然雙眼已經看不見了，但任凡仍然白了艾蜜莉一眼。

這小丫頭不但擅自留下了大嬸，還不把他的原則當一回事，更將自己就是黃泉委託人的事情毫不客氣地說了出來。

「先聽聽看啊，」艾蜜莉不悅地說：「聽聽看又不會讓你少一塊肉。」

任凡很想說會，畢竟到頭來，要處理這些麻煩的可不是艾蜜莉，而是自己啊！

但任凡很清楚這樣跟艾蜜莉吵下去肯定會沒完沒了，這小妮子要是一鑽起牛角尖，真的是可以鑽到世界的盡頭。

這就是任凡討厭紅靈的原因。

要嘛聽這中年大嬸講述她想委託的事情，要嘛跟艾蜜莉在這裡瞎扯到天荒地老。

任凡很快就做出了選擇，皺著眉頭苦著臉的他，做了手勢要中年大嬸把她的委託說出來。

3

如果在過去，任凡光是看一眼，大概就可以猜到眼前這個中年大嬸的委託，可能會是什麼樣的事情。

偏偏在完全看不見的現在，任凡只能靜靜地聆聽。

中年大嬸在這前來尋找黃泉委託人的一路上，腦海裡面想的盡是黃泉委託人那六大不接原則，或者是自己能不能夠順利讓黃泉委託人接受自己的委託之類的事情，所以當大夥靜下來，要她好好把她的委託說出來時，她反而想了好一陣子才開口。

然而，當中年大嬸好不容易整理好自己的思緒，開始述說委託時，才剛說第一句話，任凡就大概猜到是什麼樣的委託了。

簡單來說，就是這位中年大嬸希望任凡可以前往比利時，幫助一個「即將」或者「極有可能」被鬼魂上身的男子。

「大致上來說，就是這樣。」中年大嬸說。

類似這樣的委託，任凡一點也不陌生。

「所以妳是那個男子的親人嘍？」任凡問。

「不是，」中年大嬸搖搖頭，然後沉吟了一會說：「……我是那個鬼魂的親人。」

「喔？」任凡笑著說：「這倒是件新鮮事。」

過去不管是在台灣還是在歐洲，任凡不止一次接下類似這種驅靈的工作。

一般來說，遇到這種案件，如果真要解決的話，在台灣任凡可以找一些法師，畢竟對從小在道觀長大的任凡來說，認識的法師不在少數，其中也不乏法力高強的法師，就算這些法師不賣任凡面子，也會給在法師界有舉足輕重地位的撚婆面子。

而在過去任凡會接到這類任務，多半都是因為對親人有羈絆的藍靈，看到自己心愛的親人被其他鬼魂附身，在無計可施的情況下，只好找上任凡。

像這次這樣的情況，任凡倒是第一次遇到。

「所以讓我搞清楚一下，」一旁的戴爾似乎也嗅出不尋常的味道，瞇著眼睛問中年大嬸說：「妳所謂的親人實際上跟妳一樣是個鬼魂，而她正準備要附妳剛剛說的那個男子的身，那麼妳過來找黃泉委託人，是想要請他阻止妳的親人？」

中年大嬸點了點頭。

一般來說，會附身的鬼魂們，都不是什麼好東西。

但這類委託對任凡來說，一向都不是太難的事，畢竟在上身的過程中，鬼魂的威力都會因為與肉體接觸，而導致自身的力量大幅下滑。

就算附身的鬼魂是黑靈，力量也會大不如前。

不過由於這類型的委託，多半會牽扯到活人，所以任凡並不喜歡。

而且直覺告訴任凡，有些事情不太對勁。

「妳可知道，」任凡仰著臉，嚴肅地說：「如果真要處理這樣的委託，妳的那個親人很可能會……被消滅。」

聽到任凡這麼說，艾蜜莉跟戴爾臉色都驟變，反倒是中年大嬸似乎早就料到會這樣，只是緊皺著眉頭，過了一會之後緩緩地點了點頭表示自己知道。

戴爾將中年大嬸點頭告訴了任凡之後，在場兩大一小三隻鬼魂都看著任凡，等待任凡的抉擇。

任凡摸著下巴，緩緩地搖了搖頭。

姑且不論這位中年大嬸破天荒的違背了四個原則，光是這種與眾不同，必有蹊蹺的委託，就足以讓任凡拒絕了。

任凡最不喜歡的就是像這種變數太多的委託。

「妳的那個親人……」任凡摸著下巴對中年大嬸說：「是個凶靈嗎？」

中年大嬸抿著嘴，沉吟了一會之後，點了點頭說：「是的。」

除非是私人恩怨，否則對一般的鬼魂來說，不會像這樣隨便上其他人的身。

畢竟與人世間的物品有所接觸，都會大幅削減鬼魂的元氣，更何況是附到有陽氣的活人身上。

會這樣不計一切代價上身的，本來就以黑靈居多，這點倒是在任凡意料之中。

「我妹妹她，」中年大嬸一臉愁容地說：「最近才從潘朵拉之門裡面逃出來，以前我還可以束縛住她，但是現在……」

聽到中年大嬸這麼說，艾蜜莉與戴爾都轉向了任凡。

兩人會有這樣的反應，當然是因為聽到了那個潘朵拉之門。

任凡身上的死神印記，迫使著任凡必須在時限之內，找到並且打倒至少一個從潘朵拉之門裡逃出來的鬼魂，否則時限一到，任凡不但會因此喪命，還得在死後成為死神的奴隸。

在三人回來的路上，戴爾也不時會去打聽看看附近有沒有從潘朵拉之門逃出來的鬼魂，想不到現在眼前就有一個自己送上門來。

「很抱歉，」任凡聳了聳肩說：「我不能接受妳的委託。」

原本還以為任凡肯定會因為那是從潘朵拉之門逃出來的凶靈而接受委託，想不到任凡卻一臉事不關己的模樣，冷淡地拒絕了中年大嬸。

聽到這個回答，戴爾與艾蜜莉都張大了嘴巴，比中年大嬸更加難以接受。

一旁的艾蜜莉先是愣了幾秒之後，走上前去，張開嘴巴正準備說話，就被任凡給制止住了。

「我知道妳想要說什麼。」任凡對艾蜜莉說。

艾蜜莉嘟著嘴扠著腰，擺出了一副氣呼呼的模樣說：「好，我想說什麼？」

「嘖。」

任凡知道艾蜜莉好強的個性，就算他真的說中艾蜜莉的想法，艾蜜莉也會打死不認帳。

「這不是重點。」任凡皺著眉頭說。

「為什麼不是重點？」艾蜜莉一臉不服氣地說。

「好，」任凡無奈地說：「就算我不知道妳想說什麼，不過重點是，就算這件事情真的跟潘朵拉之門後面的凶靈有關……」

「這就是我剛剛要說的啊！」艾蜜莉大叫道。

「嗯，」任凡笑著說：「所以我的確知道妳想要說什麼嘛。」

艾蜜莉一愣，才知道自己上了任凡的當，狠狠地瞪了任凡一眼，然後撇過頭去，不再說話。

「我要說的是，」任凡繼續說：「就算跟潘朵拉之門有關，我們也不需要從那麼危險的下手吧？」

艾蜜莉顯然已經意氣用事，雙手盤在胸前，完全不理會任凡所說的。

「雖然說，」戴爾對任凡說：「潘朵拉之門後面的凶靈數量龐大，但是這個世界更廣大，天曉得我們要找到下一個需要多少的時間。」

這點任凡當然知道。

三人的爭執中年大嬸完全看在眼裡，眼看三人似乎討論不出個結果，中年大嬸走向前對三人說。

「對不起，」中年大嬸似乎也自知理虧，一臉抱歉地說：「我想我還是離開好了。」

中年大嬸說完，轉身朝樹林走去。

艾蜜莉轉過身來，攤開了手瞪了任凡一眼，任凡聳了聳肩，一臉無所謂的模樣，似乎半點也沒有想要挽留中年大嬸的意思。

艾蜜莉看了，用力地跺了跺腳之後，朝中年大嬸追了過去，利迪亞也跟在艾蜜莉後面一起跑了出去。

「啊，艾蜜莉追上去了。」一旁的戴爾趕緊告訴任凡。

「我就知道……」任凡摸著下巴瞇著眼睛說。

「什麼？」戴爾問。

「那傢伙果然是個麻煩。」

「那位中年婦人嗎？」

「不是，是艾蜜莉。」

任凡說完之後，頭也不回地轉身走入城堡中。

4

古堡的辦公室裡，任凡已經不記得有多久，不曾像現在這樣坐在自己的這張辦公桌之後了。

雖然距離任凡最後一次坐在這裡，實際上也不過半年左右，但對任凡來說，卻彷彿已經隔了好幾年。

畢竟上一次坐在這個位置上時，任凡的雙眼還可以清楚地看到陰陽兩界的一切，這座古堡也還是「鬼」聲鼎沸的熱鬧景象。

如今的一切卻宛如隔世，也難怪任凡會覺得上一次坐在這裡像是很久很久以前的事。

辦公室裡，艾蜜莉與戴爾站在辦公桌的對側，而那位中年大嬸已經被艾蜜莉拉回來，在辦公室的門口靜靜等待著。

「你們兩個口口聲聲都勸我要接，」任凡皺著眉頭說：「好，我問你們兩個，你們有誰可以跟那個凶靈對抗嗎？」

兩人就好像被老師責備的學生般，互看一眼之後，緩緩地搖搖頭，異口同聲地說：「沒有。」

不要說艾蜜莉這個臉上還流滿著鮮血，連幫自己恢復過去容貌的能力都沒有的小女孩。

就連戴爾也是死後就被鬼魂所控制，一直到最近才剛恢復自由之身。

就算是個普通的白靈，兩人恐怕也不見得打得贏，更不要說這種兇狠的黑靈了。

說起來裡面最有力的，說不定是身為一隻貓的利迪亞，但動物靈光是要凝聚自己的魂魄就已經不容易了，再怎麼威猛也不會是黑靈的對手。

就好像在幫小主人求情一樣，利迪亞悄悄地走到了任凡腳邊，不斷地磨蹭著任凡。

「你們兩個好像完全搞不清楚狀況，」任凡無奈地搖搖頭說：「我，並不會法術，更不會抓鬼。」

戴爾跟艾蜜莉一聽，剎那間還以為任凡在開玩笑，畢竟兩人都親眼見過任凡是如何對付獨耳泰勒的。

「不會吧？任凡，」戴爾一臉「你又來這一套」的表情，笑著對任凡說：「你是開玩笑的吧？」

任凡沉著臉搖搖頭說：「不，我不是開玩笑的，我是真的不會法術。」

戴爾一臉疑惑地問道：「那獨耳泰勒是怎麼回事？你身上那個不可思議的袋子又是怎麼一回事？你知道，就是那些我幫你做的東西，還有那個會在人頭上打轉的東西又是怎麼回事？」

在任凡與獨耳泰勒對決的那時，戴爾看到的完全是任凡這邊一面倒的戰況，戴爾根本就沒看過任凡第一次與獨耳泰勒對上時的慘狀，當然在他的腦海裡，任凡是輕輕鬆鬆就打倒了獨耳泰勒，因此現在對任凡所說的話完全不能理解。

然而對艾蜜莉來說，任凡的話就沒有像戴爾那麼難以接受了。

畢竟初次跟任凡見面之後，艾蜜莉就一直搞不是很清楚這個傳說中的黃泉委託人，在她心目中的大哥哥，有的時候很遜，有的時後又很厲害，所以連她都不知道，任凡到底算是厲害還是遜。

不過現在看到任凡似乎不是開玩笑的模樣，艾蜜莉倒是有點自責，一臉愧疚地看著任凡。

「事情跟你想的不一樣，這要解釋起來也很困難，」任凡揮了揮手說：「總之，我不是開玩笑的，我是真的不會任何法術。」

看任凡說得如此篤定，而艾蜜莉又是一臉自責的模樣，連戴爾也大概了解，任凡是真的不會任何法術，更不會抓鬼。

「這樣的話……」戴爾一臉尷尬地回頭看著站在門口的中年大嬸說：「這樣的話要怎麼辦？」

畢竟艾蜜莉好不容易才把中年大嬸請回來，原本還以為任凡不是不能、只是不想，誰知道事情的真相竟然是這樣。

「可是，」艾蜜莉一臉委屈地對著任凡說：「大哥哥你的時間不多了，再這樣下去的話……」

對艾蜜莉來說，此刻她最擔心的當然是任凡身上死神印記的狀況，畢竟她是最清楚任凡發作情況的人。

艾蜜莉知道任凡在前來古堡的途中，已經發作一次了，接下來發作的間隔會越來越短。

艾蜜莉那一臉快要哭出來的模樣，連戴爾看了都覺得心疼。

「就當作是讓艾蜜莉不用這麼擔心吧？」戴爾在一旁苦著臉說：「我相信你會有辦法的，對吧，任凡？」

「嘖。」

任凡仰著頭沉吟了好一會之後，才大大吐出一口氣。

「走吧，」任凡對三人說：「如果要接這個任務的話，我們需要去一個地方。」

「什麼地方？」艾蜜莉眨著一對大眼睛問。

「一個被稱為鬼魂禁區，」任凡不懷好意地笑著說：「屬於上帝領土的地方，梵蒂岡。」

「去、去那裡幹什麼？」戴爾一臉驚恐地問。

對人世間的活人來說，梵蒂岡成為一個中立國度，不過是最近百年不到的事情，但對黃泉界來說，梵蒂岡卻已經好幾個世紀，都被稱為上帝的國度，而成為鬼魂們避而遠之的地方，所以戴爾當然也知道那是什麼地方。

「我印象中在三、四年前，」任凡說：「聽說梵蒂岡重新開始了驅魔的工作，我有個朋友在那邊……」

任凡猶豫了一會之後，嘆了口氣說：「唉，我相信他一定可以給我介紹個非常好的驅魔師。」

雖然這麼說，但此時此刻連任凡也不確定，是不是真的可以找到理想的驅魔師，畢竟潘朵拉之門開啟後，需要驅魔的案件肯定也因此變多了。

再者，有沒有可出勤的驅魔師是一回事，教廷願不願意派出驅魔師又是另一回事，最重要的是，就算有驅魔師，能不能成功擊退凶靈，也是一個大問號。

任凡無奈地搖搖頭不想再多說，仰著頭閉上了雙眼，向後躺靠在椅背上。

另外三個鬼魂臉上的表情可就沒那麼輕鬆了。

因為全歐洲的鬼魂都知道，梵蒂岡是上帝的領地，鬼魂的禁區，裡面隨便一個路人都是上帝的使者。

第2章・驅魔師

1

明亮的燈光照耀著房間裡的每一個角落。

一大塊的黑板與長型講台在教室的最低處，一排排的座位就像電影院的座位那般順著階梯排列下來。

這裡與其他歐美地區的大學教室沒什麼兩樣，除了後面的門口旁邊放著一本聖經，以及在講堂上方那大大的十字架，彷彿在無言地提醒著這裡的所有學生，這是個神聖的地方。

半弧狀圍繞著講台的學生座位中，零零落落地坐著幾個學生。

在這個可以容納將近五十人的教室中，此刻在座的學生卻只有十名左右，然而人數雖少，但個個都是聚精會神地聆聽講台上的老師講課。

那些空著的座位，並不是蹺課沒到的同學，事實上想要報名這門課程的人數，遠遠超過這間教室所能容納的人數。

但想要報名參加這堂課，卻沒有那麼簡單。

除了必須要修完大部分的課程之外，並且還得是已經有過一些實務經驗的學徒，才有機會聆聽這堂課。

畢竟這堂課主講的講師，不是別人，正是梵蒂岡目前的驅魔課程中，最權威也是實務經驗最為豐富的約翰神父。

「在剛剛的這個案例中，」約翰神父對著專注的學生們說：「我們可以很清楚地看到，當不好的靈體附身在人類身上時，可能會發生的事情。」

這正是約翰神父的課堂受這些學徒歡迎的原因，對他們而言，約翰神父上課的內容，幾乎都是過去的實務經驗，比起其他神父幾乎都是引經據典、照本宣科，約翰神父的課程更具魅力。

「當時，我與另外一位夥伴，一起前往該男孩的住所。」

這時一位同學突然舉手問道：「是我們認識的神父嗎？」

「不是，」約翰神父笑著搖搖頭說：「他不是神職人員，而是一位來自台灣的……男人。」

聽到只是一個男人，沒有什麼特別的職稱，讓同學們不免有些騷動。

畢竟對教廷來說，這種驅魔除靈的儀式，一向是由神職人員進行，鮮少有像這樣的非神職人員參與。

「他接受了……嗯，該名男孩其他親屬的委託。」約翰神父在這邊有點結巴，謹慎地選擇自己的用詞。

畢竟這個約翰神父口中的台灣男人，正是謝任凡，而這個男孩則是約莫一年前，兩人聯手驅魔的男孩。

在課堂上，如果直接告訴學生們，任凡是因為接受了那男孩的祖先鬼魂的委託，才會前來介入這次驅魔儀式，恐怕會引發不小的騷動。

「總之，」約翰神父繼續說：「當我們上到閣樓的時候，那個男孩的身體雖然背對著我們，但他的頭卻完全轉向我們這邊，扭轉了一百八十度，這就是我在先前課堂上所說的第一個現象，被附身的對象在身體方面會做出超乎人體極限所能表現的行為。」

「就像電影《大法師》那樣嗎？」其中一個學生問道。

「是的，」約翰神父苦笑說：「正是像電影《大法師》裡面那樣。」

約翰神父用食指與中指比向問話的那個同學說：「那男孩的雙眼就這樣直盯著我們，我們走到哪裡，他的頭就轉到哪裡。」

約翰神父的手由左向右緩緩移動，全班同學的視線也跟著移動，彷彿自己也在現場，被那小男孩盯著一樣。

「對這些附身的凶靈來說，」約翰神父說：「比較少做出類似轉動眼球這種細微的活動，當然這完全是我個人的推論，但是在我長時間的觀察下發現，對他們來說，比起單獨只動雙眼，動整個頭顱似乎還比較省力或簡單。類似這樣的情況，也可以在其他案例中看出來，我在這裡就不多做描述了。」

雖然約翰神父是目前全梵蒂岡裡面，驅魔經驗最豐富的神父，然而，實際上他真正擔任驅魔任務的次數，其實屈指可數。

會選擇這個任務當成上課的題材，最重要的原因當然是因為這個任務是少數由約翰神父直接解決的任務。

由於擁有陰陽眼的關係，在驅魔任務中，約翰神父基本上都是擔任鑑定的工作。

任何尋求教廷協助的驅魔任務，都必須先由像約翰神父這樣的鑑定師進行鑑定，一旦確定是凶靈附身之後，教廷才會派出驅魔師前往驅魔。

雖然約翰神父本身並不是驅魔師，但鑑定師也必須接受完整的驅魔課程訓練，所以對驅魔儀式絕非一無所知。

這正是約翰神父經驗豐富的原因，畢竟他不僅要能夠正確判斷對象是否真的被附身，而不是有精神疾病或裝瘋賣傻，且還具備有基本的驅魔知識，最重要的是，沒有他點頭，教廷也就不會派出任何神父執行驅魔的任務。

就在所有學徒全神貫注地聆聽約翰神父講述他那次的驅魔經驗時，一個黑髮男子悄悄地從後面走進了教室。

黑髮男子靜靜地坐在教室的最後面，與其他學生一起聆聽約翰神父講述當時的情況。

這個黑髮男子不是別人，正是剛剛約翰神父口中所說的那個來自台灣的男人——謝任凡。

任凡才剛坐下來，聽沒幾句話，就知道約翰神父所講的，正是當時兩人在歐洲相遇時，共同處理的案件。

記得當時兩人可以說是手忙腳亂到一個不行，任凡完全沒有料想到約翰所用的那種碎碎唸攻擊，真的會把黑靈逼出來，導致當黑靈現身時，自己根本來不及做任何準備。

當然在講述這個案件的時候，約翰神父進行了適當的剪接，將任凡對著黑靈比中指，還有其他一些比較混亂的情況跟場面都略過不提。

因此，底下的同學們都聽得屏氣凝神，如癡如醉。

「所以，」講台上的約翰神父為這次的事件下了最後的注解，「從這個案例我們可以知道，事前的規劃與準備，會讓你在更有優勢的情況下，面對隨時可能出現的危機。」

約翰神父停頓了一會之後，接著說：「還有，就是當你真正遭遇危險時，你身上的十字架或任何的聖物，都會是你手邊可以使用的武器。」

聽到這裡，任凡不禁噗哧一聲笑了出來。

這一笑引起了所有人的注意，大家紛紛轉過頭來看向任凡，當然，講台上的約翰神父也看到了任凡。

「好了，」約翰神父臉上露出了笑意，對學生們說：「今天的課就到這裡，記住，信仰將會是你在驅魔時，最有力的武器。」

約翰神父說完後，在自己的胸前畫了十字，除了任凡之外的所有學生也跟著約翰神父一起，紛紛在胸前畫了十字之後，才各自收拾起東西，準備離開教室。

約翰神父很快地走下講台，直接朝任凡走了過去。

「好久不見了，」約翰神父笑著對任凡說：「我的朋友。」

「好久不見了，約翰。」

任凡緩緩地站了起來，約翰神父一看到任凡的臉，臉上的笑容立刻僵住。

「你、你的雙眼……」約翰神父一臉擔憂地問。

「方便找個地方說話嗎？」任凡沒有回答，只是笑著問約翰。

「可、可以，」約翰臉上仍然是一臉訝異，上前攙扶著任凡說：「跟我來。」

看著任凡那對彷彿失去焦距的雙眼，約翰的心中浮現許許多多的疑問。

在他的印象中，任凡擁有的應該是一對東方人的黑色眼珠，怎麼此刻看上去，任凡的雙眼卻是藍色的。

不過最讓約翰驚訝的還是，任凡竟然失明了？

想想兩人前不久才見過面，怎麼會這麼突然？

這段期間，任凡到底發生了什麼事情？

2

如果在約莫十年前，也就是任凡第一次與約翰見面的時候，約翰神父肯定無法想像自己會有這樣的一天。

當時因為本身具有陰陽眼的緣故，所以約翰神父在神職人員的這條路上走得不是很順利。

在約翰神父被派遣到台灣時，正是約翰神父對信仰產生動搖的低潮期。

而這個危機卻在遇到了任凡與撚婆之後有所改變，約翰神父學會了接受自己的陰陽眼，不再隱瞞這個能力。

雖然一開始受到了一點阻力，但在約翰的努力下，與約翰神父共事的那些神職人員也慢慢接受了約翰。

後來在教廷決定重啟封印多年的驅魔課程時，約翰神父也因為這些神職人員的推薦被調職到梵蒂岡，從此開始他嶄新的神職生涯。

約翰神父成為了驅魔的鑑定師，鑑定每個向教廷尋求驅魔協助的信徒。

約翰神父的陰陽眼，反而成為他鑑定對象是否是被惡靈附身最有力的依據，這也是約翰神父的鑑定從來不會出錯的主因。

約翰神父搖身一變成為教廷驅魔任務中，最重要的人員之一。

而現在的約翰神父，不但是梵蒂岡最德高望重的驅魔人員，更是教廷仰賴的重要導師，教導神職人員們關於驅魔與鑑定的技巧。

至於約翰神父的經歷與遭遇，就算後來任凡越來越少與他接觸，但或多或少還是會從鬼魂的口中，聽到一些約翰的近況。

畢竟梵蒂岡是全歐洲鬼魂都相當關注的地方，像約翰這種地位舉足輕重的神職人員動靜，鬼魂們更是密切注意。

約翰神父帶著任凡來到了自己的辦公室，在請任凡坐下來之後，約翰神父走到了另外一邊坐下。

「任凡，你的雙眼……」

「就像你看到的一樣，」任凡苦笑地說：「我已經看不見了，不過這不是我今天來找你的原因。」

「剛好我前些日子也想要找你，」約翰神父問道：「不過現在還是先聽聽你的事。」

「我接到了一個委託，」任凡說：「跟我們過去最常一起合作的案件一樣。」

「驅魔？」

「是的。」

聽到任凡這麼說，約翰一臉沉重地站起身來，沉吟了一會說：「正如你剛剛所見的，不，我的意思是，像剛剛在課堂上那樣，我現在已經不再出外勤了。教廷希望我可以留在這裡教導學生，我也非常樂意。」

約翰神父走到了任凡的身後拍了拍他說：「任凡，我的朋友，你必須了解，對教廷來說，今天重啟這樣的課程，已經是一個很大的突破了。」

任凡點了點頭，這點任凡非常清楚。

「對信眾遍布全球的教廷來說，」約翰神父接著說：「有些事情是不方便明說的，就連大一點的動作，都可能會引發難以想像的後果。這就是為什麼，教廷對這一類的事情特別謹慎的原因，因為一旦教廷承認了這類事情，甚至公開了驅魔的過程，等於公開承認了另外一個世界，到時候不但會引起一陣不小的騷動，而且肯定會有很多人打著這類事情的旗幟，到處招搖撞騙。」

這點對出身在東方國度的任凡來說，一點也不陌生。

畢竟就全世界來說，神棍最多的地方，可能就是在東方這個比較迷信的地方。

「很抱歉，」約翰神父繼續說：「我沒有辦法幫你，畢竟教廷有嚴格的命令，不准私底下進行任何的驅魔儀式，如果你想要尋求正常的管道進行這樣的儀式，手續遠比你想像中的還要繁雜。不過我們還是可以向教廷申請，首先我們得要先讓被害者所在的教區，得悉這樣的事情，然後由他們向教廷提出請求。接著教會會派出我的學生，前往進行鑑定。在鑑定之後，確定是一起附身事件，教廷才會正式派出驅魔師。」

任凡苦笑地搖搖頭，對此刻生命就好像不斷流瀉的沙漏般，隨時都會走到終點的任凡來說，時間是任凡最缺少的東西。

「很可惜，」任凡苦笑著說：「我沒有那樣的時間。」

「是的，」約翰神父非常認同地點了點頭說：「不只你沒有時間，那些被鬼魂迫害的可憐人們，也沒有那麼多時間。有時候我真的希望教廷可以開明一點，讓流程簡單一點，但是正如我前面所說的，教廷有教廷的考量，這也是沒辦法的事情。為了改變這點，所以……這也剛好牽扯到我想要找你的原因。」

任凡用手示意約翰神父說下去。

「其實，」約翰神父苦笑說：「正如我剛剛所說的，因為手續過於繁雜，而邪惡的力量迫害無辜百姓又是如此的迅速，所以我希望能有點權宜之計，可以解決這樣的困境。變通的辦法就是我也試圖讓一些非神職人員，但是對驅魔這種工作有興趣的人，了解一些驅魔的方法與儀式。」

任凡理解地點了點頭。

「你知道，」約翰神父苦著臉說：「這對教廷來說，是非常難以接受的。讓非神職人員也知道一些驅魔的知識，在我看來，是種權宜之計，但是對教廷來說，感覺手段還是太激進了點。而我自己，也對這樣的事情，多少有點後悔。」

「喔？」

「這就關係到我要找你的原因了，」約翰神父笑著說：「剛好你也找上了我，我覺得這樣的情況或許對雙方都有好處。如果你不介意的話，我倒是有一個好的人選，可以跟你一起去解救那個可憐蟲。」

任凡沉吟了一會，從約翰神父的口中，任凡大概也知道是怎麼一回事了。

簡單來說，約翰神父在教廷沒有允許的情況下，私下收了「徒弟」，因此多少也讓教廷有所不滿，所以才會不再讓他出外勤。

而這個「徒弟」學會了一些驅魔的技巧跟知識，卻沒有地方可以發揮，畢竟不是一般正規的神職人員，當然不可能接獲教廷所指派的驅魔任務。

為了讓這個「徒弟」所學得以發揮，而另外一方面又可以幫助到人，約翰神父第一個想到的就是任凡。

「約翰，」任凡沉著臉說：「這可能會有危險喔，你應該知道。」

任凡不知道這位「徒弟」學到了多少，如果只學了半吊子，很可能只是枉送性命而已。

「唉，事實上，」約翰神父沉重地說：「其實應該是倒過來的才對，我本來就想找你幫這個忙。我要介紹給你的人，是不被教廷承認的人。她實在太亂來了，一心就只想著驅魔，我很擔心這樣下去，她會出事。所以與其讓她隨便亂鑽，不如讓她跟著你，至少我會安心很多。」

從約翰神父的語氣之中，或許這樣的結果，正是約翰神父後悔的原因。

如果約翰神父沒有教她這些技巧，或許她就會像一般人一樣，過著平凡卻幸福的生活，不需要彷彿有所使命似的，到處找機會抒發她的「正義感」。

「她跟你、我一樣，」約翰神父說：「都有看得見鬼魂的祝福。這也是我一開始會教她驅魔相關知識的原因。」

「雖然我不討厭自己有陰陽眼，」任凡笑著說：「但是我絕對不會稱它為一種祝福。」

約翰神父笑著點了點頭。

的確，如果早十年的話，約翰絕對不會認為陰陽眼是種祝福，甚至認為陰陽眼是個詛咒。

而讓他對自己自身的陰陽眼改觀的人，不是別人，正是眼前的這個男人。

「如何？」約翰神父問道：「你現在這個樣子，也需要有個人照應吧？我相信至少她可以在很多地方給你不少幫助才對。」

「我只是瞎了，」任凡笑著說：「別說得我好像廢了，什麼都不能做。」

「只是瞎了……」約翰神父笑了出來：「呵呵，你果然還是我認識的那個任凡。」

在約翰神父的心中，任凡絕對是那種泰山崩於前而面不改色的傢伙。

有時候就連約翰神父都搞不清楚，這傢伙是天生膽識過人，還是壓根不知道什麼叫做恐怖。

「不過就好像你說的，」任凡站起身來說：「我也的確需要……嗚！」

任凡說到一半，突然身子震了一下，用手摀住了腹部。

「怎麼啦？」約翰神父被任凡這突如其來的舉動嚇了一跳，驚慌地問任凡。

任凡非常清楚這是在他身上的死神印記又發作了。

一旁的約翰神父緊張地問著任凡的情況，但任凡已經痛到沒有辦法回答了。

死神印記所引發的疼痛，不管經歷幾次，都沒有辦法讓人習慣。

劇痛讓任凡跪倒在地，而任凡的意識也隨之墜入黑暗的深淵。

3

好像聽到了什麼，任凡緩緩地張開了雙眼，然而，世界卻仍舊是一片漆黑。

即便已經失明快半年了，但每次醒來睜開雙眼，那一片黑暗的世界，任凡仍然無法習慣，心情也會隨之下沉。

「你醒了嗎？」耳邊傳來的是約翰神父的聲音。

任凡從床上坐起身來。

「任凡，你感覺怎麼樣？」約翰神父問。

「還可以。這裡是……」

「這裡是醫院，」約翰神父說：「你在我的辦公室裡暈倒，所以我第一時間就把你送到這裡來。」

任凡還記得暈倒前的事，畢竟這已經不是死神印記第一次發作了，只是這一次的發作，等於告訴任凡，他的時間已經越來越少了。

「我的朋友，」約翰神父沉著臉看著任凡說：「這段時間，你到底發生什麼事了？」

「太多了，」任凡笑著搖搖頭說：「我甚至不知道該從哪裡、怎麼說起。」

「醫生在你暈倒的這段期間，」約翰神父一臉凝重地說：「幫你檢查了一下身體，也有檢查你的雙眼。就目前檢查的結果來說，有幾個比較詭異的地方。」

「喔？」

任凡笑著回應，再怎麼說，約翰神父也是有陰陽眼的人，而且身為教廷驅魔的先鋒，看過的詭異事情絕對不少。如果連他都說詭異，任凡倒是很想知道，醫生檢查出來的結果到底是怎樣。

「首先是你的雙眼，」約翰神父看著任凡那一對陌生的雙眼說：「醫生說，目前還查不出你失明的原因，至少從各項檢查的數據看起來都得不到結果。可是有一點非常詭異，那就是他說，你的雙眼……跟新生兒一樣。」

聽到約翰神父這麼說，任凡也皺起了眉頭。

「新生兒？」

「對，」約翰神父點著頭說：「醫生說，你的雙眼不是一個活到你這把年紀的人該有的雙眼。」

「這把年紀……」任凡沉著臉說：「你不能委婉一點嗎？」

「抱歉讓你不愉快了，」約翰神父摸了摸臉頰說：「不過聽醫生說，你那對眼珠就跟新生兒的一樣，雙眼發育的成熟度與剛出生半年左右的嬰兒差不多。」

「半年左右？」

聽到約翰神父這麼說，任凡立刻聯想到當時感覺自己的雙眼出問題，正是在半年前左右，與蒼穹之瞳的繼承人安東尼交手時。

後來聽飛燕解釋過，所謂的蒼穹之瞳，與飛燕的紅龍之眼是一對完全相反的雙眼。

如果說飛燕的紅龍之眼是極陽之眼，那麼安東尼的蒼穹之瞳便是極陰之瞳。

而蒼穹之瞳這對恐怖的雙眼，正是所有陰陽眼的鼻祖，據傳所有陰陽眼都是從蒼穹之瞳散播出來的。

會不會就是安東尼做了什麼，才讓自己的雙眼失明，任凡不知道。

但任凡知道，如果說自己的這對雙眼，真的是跟安東尼有關，或許有個地方的鬼魂可以告訴他，自己為什麼失明。

「除了你的雙眼之外，」約翰神父接著說：「你身上還有一個地方讓我百思不得其解。」

「喔？」

「就是你的腹部，」約翰神父皺著眉頭說：「那道黑色的痕跡到底是什麼？」

任凡知道約翰神父所說的，正是被死神用鐮刀刺穿所留下的死神印記。

「關於那道黑痕，」任凡挑眉笑著問：「醫生怎麼說？」

「這就是詭異的地方了！」約翰神父攤開手說：「你的腹部我看起來明明就有一道黑色

的傷痕，還冒著黑氣，但不管我怎麼跟醫生說，他們就是聽不懂，就好像他們看不見那道傷痕一樣。」

任凡側著頭笑著聳了聳肩，似乎對這樣的結果挺能接受的。

「雖然在我的堅持下，他們也幫你檢查了腹部，不只照了超音波，還做了電腦斷層掃描，」約翰神父搖搖頭說：「但都沒有檢查出任何結果。」

「你們還真是趁我暈過去的時後對我做了不少事情嘛。」任凡苦笑地說。

「對不起，」約翰神父一臉愧疚地說：「但是你突然暈倒，腹部又不斷冒出黑氣，我真的有點著急。」

「我了解。」任凡笑著點點頭。

任凡緩緩起身下床，並摸了摸自己的身上，似乎被換上了醫院提供給病患的衣服，於是轉向約翰說：「我的衣服呢？」

「你想幹嘛？」

「出院啊。」

「可是……」

約翰神父一臉為難，想要勸任凡留下來住院觀察幾天。

「如果我失明的原因，」任凡說：「不是因為生理方面造成的，那麼我留在這裡也沒什麼用。至於腹部的傷，相信我，留在醫院只會越來越嚴重。」

「你到底發生了什麼事？」約翰神父皺著眉頭說：「上次見面你明明就還好好的……」

「呵呵，」任凡笑著說：「如果時間夠的話，我真的很樂意把事情的來龍去脈都告訴你。至於我的雙眼，我想如果真的要搞清楚到底是怎麼一回事，可能得去一趟巴黎，但我現在真的沒有時間了。」

「巴黎？」約翰神父一臉不解。

「你沒聽過嗎？」任凡說：「巴黎有個被黃泉界稱為『人世間最美麗的地獄』的地方。」

約翰搖搖頭說：「沒有，可能因為我不是黃泉界的人吧。」

「不過那還是先算了吧，」任凡揮揮手說：「現在最重要的還是我先前所說的那件事。」

「喔，對，」約翰神父說：「我先前說的那個……」

「嗯，」任凡點了點頭說：「你確定她知道危險性了嗎？」

「知道。」約翰神父沉著臉。

任凡聳了聳肩。

對任凡來說，的確多個了解驅魔儀式的人在身邊，對這次的委託會比較有幫助。

約翰神父推薦的人，只要能夠保護住那個被鎖定的目標，對任凡來說就有很大的幫助了。

至於委託人的妹妹，該怎麼制伏，任凡會再想辦法。

只是，事情往往都無法像自己所想的那麼簡單與輕鬆，這點任凡當然再清楚不過了。

4

離開梵蒂岡，任凡來到了羅馬靠近梵蒂岡附近的一間小酒館。

約翰神父會聯絡那個人前來這裡與任凡會合。

這並不是任凡第一次來到這間小酒館，任凡過去曾在這附近解決一個委託。

當時為了蒐集情報，任凡就來到這間小酒館。

他在這間小酒館裡，聽徘徊在這附近的鬼魂們，述說一些關於這附近的故事。

不過因為太過靠近梵蒂岡，所以鬼魂們說的，大部分都是關於梵蒂岡的傳奇故事。

雖然最後任凡並沒有在這裡得到他所想要的情報，但卻聽了非常多關於梵蒂岡的故事。

像是有多少鬼魂闖進去過梵蒂岡，又有多少鬼魂出來之類的傳聞，雖然不知道裡面有多少是真實的，但那晚任凡也算是聽得十分樂在其中。

這不過只是距今一年多前的事而已，想不到再次造訪這間酒館的自己，會變成現在這樣，這讓任凡有種人事全非的感覺。

一陣清脆的腳步聲，走進了酒館，並且一路走到了任凡的面前。

「你就是約翰神父說的人嗎？」

聲音聽起來是個女孩子，這讓任凡有點驚訝，因為任凡與約翰是用中文溝通，在中文口語裡的「她」，用聽的根本無法分辨出是男是女。

在神職人員幾乎清一色是男性，且禁女色的教廷中，約翰神父竟收了一個女徒弟，想必就算教廷不介意私下收徒一事，光是女性這一點也會引發頗大的爭議。

不過這些都不是任凡在乎的，語氣平淡地回答：「是的，我是謝任凡。」

「你好，我叫蕾娜。」

任凡比了比桌子對面的座位，示意要雷娜坐下來。

「想不到你的英文還不錯。」雷娜打量了一下任凡說：「雖然為了將來可以到各地驅魔，我學了不少語言，不過都是在歐洲比較流通的語言，聽說你是從台灣來的，本來還擔心我們溝通會不會有問題，看樣子應該還可以。」

想不到繼法語之後，自己連英文能力都提升了，不過此刻任凡根本沒那閒情逸致多想，只是聳了聳肩。

「約翰沒有跟我說來的會是個女性，」任凡開門見山直接問道：「約翰有跟妳說過是什麼情況嗎？」

「那個……」雷娜的聲音略顯冰冷地說：「可以麻煩請你不要直呼約翰神父的名字嗎？你想要直呼，也請你在前面加上個『神父』，可以嗎？」

「不行，」任凡十分果決地說：「因為太饒舌了，我還是叫他約翰就好了。」

雖然任凡看不見，但任凡猜想此刻雷娜臉上的表情肯定不會太好看。

「妳沒有回答我的問題，」任凡淡淡地說：「約翰有跟妳說過情況了嗎？」

「有，」雷娜瞪著任凡說：「但神父沒有跟我說，你是一個那麼沒有禮貌的人。」

任凡聳了聳肩，不打算對雷娜所說的話做任何反擊，畢竟他壓根不在乎雷娜怎麼看自己，重點還是在剛剛自己所提出的問題。

「神父跟我說你需要一個會驅魔儀式的人。」雷娜白了任凡一眼說：「你自己不會驅魔嗎？」

「不會。」

「哼，」雷娜略顯不屑地說：「那我大概知道是怎麼一回事了，你一定是那種招搖撞騙的神棍，不知道騙了人家多少錢，結果遇到了真正的惡魔，現在沒辦法了，只好找神父幫忙。」

「啊？」任凡愣了一下，苦笑答道：「如果照妳這麼說的話，約翰也不會驅魔，他主要的工作是鑑定，說起來他可能比我更像神棍喔。」

「住嘴！」雷娜激動地說：「約翰神父跟你不一樣，他是梵蒂岡裡面最有真材實料的驅魔先鋒。不僅如此，他的創意更是讓人佩服，你如果敢再說一句汙衊神父的話，我會讓你付出代價的。」

「我只是實話實說，」任凡聳了聳肩說：「不過這些都不是重點，重點是這可不是鬧著玩的，妳知道驅魔這件事情是非常危險的，搞不好會有生命危險喔。」

「這點你不用擔心，」雷娜一臉傲然地說：「雖然我不是神職人員，但是我非常清楚與了解驅魔儀式。至於危險，你就不用幫我操心了，我非常痛恨鬼魂，恨不得消滅所有鬼魂，所以就算有危險，我也不會退縮的。」

聽到雷娜這麼說，任凡先是一愣，旋即笑了出來。

「哈哈，」任凡拍著手叫道：「這下就有趣了。」

雷娜一臉狐疑地看著任凡，她一點也不覺得自己剛剛說的話有半點有趣的地方。

任凡站起身來，向雷娜揮了揮手說：「走吧，我沒有多少時間了，其他人也差不多該到了。」

「其他人？」雷娜一臉不解。

任凡沒有回答，很快地付了錢之後，便逕自朝外面走去，雷娜猶豫了一會，也起身跟了上去。

任凡走出酒館後，就站在酒館前面。

「其他人？」雷娜皺著眉頭追問任凡：「約翰神父沒有跟我說……」

雷娜說到一半，突然打住了。

任凡笑著點了點頭，因為他知道雷娜應該也發現了，那些所謂的其他「人」，並不是真的人，而是三個鬼魂外加一隻貓靈。

當時任凡準備進去梵蒂岡前，讓其他人在羅馬市郊等著，並且只帶了戴爾一個人前來這間酒館，委託人大嬸則帶著艾蜜莉與利迪亞到附近去逛逛。

戴爾就在這間酒館等著，由任凡自己一個人進入梵蒂岡，誰知道這一進去就足足花了一天一夜。

當任凡從梵蒂岡出來後，就去找戴爾請他將艾蜜莉她們帶來，自己則在這間酒館裡面，等著與雷娜見面。

而在任凡與雷娜走出酒館時，戴爾也帶回了兩人前來會合。

「大哥哥！」

艾蜜莉見到任凡後，興奮地揮著手跑過來。

任凡身邊的雷娜一看到艾蜜莉衝過來，手忙腳亂地將手放入自己隨身的包包中，似乎在掏著什麼。

「住手。」聽到身旁的騷動聲，任凡對著雷娜說：「他們是跟我一夥的。」

雷娜聽到之後，一臉難以置信地看著任凡。

等了一整天，十分擔心任凡的艾蜜莉，開心地跑到任凡身邊。

「大哥哥你怎麼進去那麼久？害我跟利迪亞都很擔心呢。」

「不好意思，」任凡拍了拍肚子說：「因為這個東西突然發作了。」

聽到任凡這麼說，艾蜜莉原本開心的臉沉了下來。

「你……」站在任凡旁邊的雷娜，用手指著任凡說：「你到底是什麼樣的妖魔鬼怪，為什麼你可以這樣若無其事的跟這些鬼魂……我勸你最好離他們遠一點，不然就不要怪我不客氣了。」

說完，雷娜從袋子裡面拿出了一個瓶子。

「快點躲開！」雷娜催促著任凡。

豈料任凡不但沒有躲開，還轉過身來擋在艾蜜莉等人的前面。

對於雷娜這種對鬼魂的恨意，對任凡來說一點也不陌生。

畢竟在任凡的人生中，就曾經有過一個女孩子，因為親人被鬼魂所害，因此痛恨鬼魂，不惜登門想要向撚婆學習法術。

「妳是不是有親人被鬼所害？」任凡淡淡地問。

「是又怎樣？」

雷娜這時已經打開了瓶子，如果不是任凡擋在艾蜜莉前面，說不定雷娜已經將手上這裝有聖水的瓶子，灑向艾蜜莉了。

任凡揮了揮手，要戴爾將艾蜜莉帶遠一點，一邊轉過來面無表情地對雷娜說：「那還真是謝天謝地。」

「什麼？」雷娜沉下了臉瞪著任凡。

「還好他們是被鬼所殺。」任凡仍舊是面無表情地說。

「你說什麼！」

雷娜鐵青著臉，似乎不敢相信任凡竟然敢當著自己的面前說出這種話。

「不是嗎？」任凡毫不在乎地說：「如果害妳親人的不是鬼魂，而是人的話，妳豈不是要殺光所有人類了。」

「你——」

「畢竟在妳的想法裡，」任凡冷冷地說：「只要有人被鬼害了，所有鬼魂都該死，那麼同理可證，只要有人被其他人殺害，所有人類不是也該死嗎？」

「這是什麼謬論？」雷娜一臉不以為然地說：「人有好人壞人之分。」

「鬼也有啊。」任凡理所當然地說：「妳不是有陰陽眼嗎？怎麼妳看到的鬼魂，每個都朝妳撲過來要殺妳嗎？」

「……」

「雖然此刻我的雙眼看不見，」任凡笑著說：「但是感覺妳比我還要瞎，至少我不會是非不分。另外就是跟約翰有關的一切，我只是實話實說，在我看來妳才是不了解約翰的人。」

任凡說完之後，沒有等雷娜回答，就轉過身去對著戴爾他們說：「我們走吧。」

說完，任凡又回過頭來對雷娜說：「對了，幫我跟妳的『約翰神父』說一聲，他的好意我心領了。」

說完後，任凡頭也不回地朝反方向走，其他鬼魂看到任凡走了，也跟了上去。

對雷娜來說，約翰神父就好像她的再生父母。

所以打從一開始，聽到任凡一直直呼約翰神父的名諱，就讓雷娜有種說不出的討厭。

她不喜歡任何對約翰神父不尊敬的人，尤其當這個人還跟自己最討厭的鬼魂走在一起，更是讓雷娜無法接受。

只是雷娜想不到任凡會這樣掉頭就走，霎時愣了一會。

「等等！你站住！」氣憤難平的雷娜，咬牙切齒地說：「我有說不幫你嗎？」

「沒有，」任凡無奈地笑著說：「是我現在不需要妳幫忙了，我可不想看到一堆無辜的鬼魂，被妳那不分青紅皂白的恨意所傷。」

任凡說完之後，頭也不回地帶著那些鬼魂們，繼續朝反方向走去。

看著任凡等人的背影，雷娜腦海裡面想起了約翰神父當時說的話。

「聽好了，雷娜。」約翰神父一臉凝重地說：「這個人是我非常好的朋友，妳一定要好好幫助他。」

一想到這裡，雷娜的腦海裡浮現出約翰神父失望的表情。

這是雷娜最不想見到的畫面。

可是想不到這傢伙竟然會跟鬼魂好像朋友一樣，這實在讓雷娜一時之間無法接受，尤其這瞎子講話又充滿了諷刺的語氣，更是讓雷娜氣到不行。

明明約翰神父已經交代過自己，要好好幫助這個男人，想不到情況竟然會變成這樣。

眼看任凡越走越遠，雷娜的內心就越加天人交戰。

「啊——」胸中的一股悶氣，讓雷娜氣憤地大叫。

雷娜惡狠狠地瞪著任凡的背影，猶豫了一會，才用力地跺了跺腳，然後朝任凡的方向追過去。

第3章·死亡的味道

1

雷娜已經不記得，自己的人生中，曾幾何時可以對一個人氣到這種地步。

坐在前往特魯瓦蓬的火車包廂中，雷娜覺得自己已經氣到頭上都可以煎蛋了。

而那個讓自己氣到發抖的男人，此刻正悠閒地坐在自己對面，用那雙明明就看不見東西的雙眼，望著窗外。

坐在雷娜對面的任凡，正在腦海中，想著到目前為止的一切。

不知道為什麼，雷娜總會讓任凡想起茹茵。

或許因為兩人都有著類似的過去，而且都對鬼魂抱持著一定的敵意吧？

只是茹茵當然沒有雷娜這麼嗆辣，對於當初失去家人的感覺，帶給茹茵的恐怕是恐懼多過憤怒，所以當茹茵知道任凡可以這樣自然地跟鬼魂打成一片，並沒有像雷娜一樣把他當成跟鬼魂同流合汙的怪物，只是覺得不可思議而已。

即便如此，茹茵也花了好幾月的時間，才慢慢適應任凡這種情況。

然而此刻對雷娜來說，不要說接受了，光是要忍著不對任凡旁邊的這幾隻鬼魂出手，就已經快要讓她抓狂了。

「妳要跟來可以，」任凡對雷娜說：「不過我們先約法三章，沒有我的許可，不准妳隨便出手傷害鬼魂。」

「知道啦，」雷娜一臉不悅地說：「跟個老頭子一樣碎碎唸。」

就好像雷娜痛恨這些鬼魂一般，艾蜜莉對這個不知道打從哪裡冒出來的女人，也相當反感。畢竟這女人一來就對任凡很兇，而且對艾蜜莉他們也相當不友善，光是這兩點就足以讓艾蜜莉討厭了。

艾蜜莉甚至認真思索，以前住在她家斜對面踢了利迪亞一腳的賽斯先生跟眼前的雷娜，究竟哪一個比較討人厭。

艾蜜莉坐在任凡旁邊，抿著嘴一臉不悅地瞪著雷娜，整張臉等於就是在說：「我不喜歡妳。」

雷娜皺著眉頭，轉過頭去不想看到艾蜜莉，畢竟那張可愛的臉龐上，仍然留著她慘死的痕跡。

「雖然說，」雷娜搖搖頭說：「我已經答應你，不會對這些鬼魂出手，但是可不可以請你也讓他們遠離我一點。尤其是那個小女孩，滿臉是血的模樣，不會太嚇人了嗎？」

「啊？」任凡聽到雷娜這麼說，一臉訝異地問道：「艾蜜莉滿臉是血啊？」

任凡認識艾蜜莉時，雙眼已經失明，只能感應出鬼魂的雛形而已，自然沒有看過艾蜜莉的容貌，所以當然也不知道艾蜜莉是什麼模樣，而且想著艾蜜莉死後，都跟著媽媽那麼久了，這種基本的能力應該多少會一點才對。

「妳媽媽沒有教過妳，」任凡問艾蜜莉：「改變一下妳的容貌嗎？」

「沒有，」艾蜜莉瞪大著雙眼看向任凡問道：「我長得很不好看嗎？」

從小到大，艾蜜莉總是聽到大人稱讚自己很可愛，這是艾蜜莉第一次聽到有人嫌棄自己的長相，這讓她更多了一個理由可以討厭眼前這個叫做雷娜的女人。

「不，應該不是，」任凡笑著說：「雖然我看不到，不過我想雷娜說的，應該是妳現在的樣子看起來是妳死亡時的模樣。」

「真的嗎？」艾蜜莉不解地問。

任凡點了點頭，艾蜜莉轉向戴爾，戴爾也點了點頭。

鬼魂是沒有倒影的，艾蜜莉並沒有辦法像活著的時候那樣，透過鏡子或水面來看自己的臉孔，所以艾蜜莉壓根就不知道自己仍然維持著死時的模樣。

正因為這個原因，當年楊貴妃找上任凡的委託案件中，有一個就是找到鬼魂可以用的鏡子，而這個委託在日後也被東方黃泉界稱為「貴妃的七道難題」之一，這七道難題是許多東方鬼魂談到黃泉委託人時，一定會聊到的一個話題。

而解決了「貴妃的七道難題」也是任凡成為黃泉委託人的第一道分水嶺。

在解決「貴妃的七道難題」之前，任凡常常都過著幾乎一週只有一件委託的日子，但在幫貴妃一連解決了七道難題之後，任凡從此有了接不完的委託。

在貴妃的宣傳下，黃泉委託人成為黃泉界中家喻戶曉的角色，當然也就有源源不絕的委託，不過這也間接促成了任凡日後必須跟武則天對抗的原因之一。

這時在一旁的戴爾也突然想到，自己死後一直都被獨耳泰勒控制，所以不知道自己是不是跟艾蜜莉一樣，所以轉過來問雷娜。

「我呢？」戴爾摸著自己的臉說：「我是不是也很恐怖？」

「不。」雷娜不耐煩地說：「你還好。」

聽到雷娜這麼說，戴爾鬆了一口氣。

可是一旁的艾蜜莉就沒那麼輕鬆了，她雙手遮臉，拚命搖著頭說：「不要，我不要恐怖的臉，大哥哥，幫幫我。」

如果小碧、小憐還在身邊，艾蜜莉絕對有兩個最有經驗的老師，不要說變臉了，就算是飛天遁地、裝神弄鬼，她們都有辦法教艾蜜莉。

可是兩人現在不在任凡身邊，任凡也沒當過鬼，自然也不知道該怎麼做。

「來，」這時中年大嬸拍了拍艾蜜莉的肩膀說：「過來這邊，我教妳。」

聽到中年大嬸這麼說，艾蜜莉放下雙手，用一臉快哭的模樣點了點頭，跟著大嬸一起走出了車廂。

過了一會之後，艾蜜莉開心地跑了進來，跳到任凡面前。

「大哥哥你看，」艾蜜莉就好像被化過妝的小女孩一樣興奮地跳著叫道：「我好不好看？」

聽到艾蜜莉這麼問，任凡沉著臉淡淡地說：「……我看不見。」

「喔，對喔，」艾蜜莉吐了吐舌頭說：「我忘記了。」

艾蜜莉轉過頭去，對著戴爾露出燦爛的笑容，一副就是要戴爾稱讚她的模樣。

見到艾蜜莉那可愛的模樣，戴爾當然也笑著摸了摸艾蜜莉的頭當作褒獎。

利迪亞也開心地跳到艾蜜莉身上，輕輕舔著艾蜜莉的臉頰。

看到這些景象，雷娜眼神中的敵意，也被艾蜜莉天真的舉動緩和。

或許，鬼魂不是每個都那麼討厭。

這種想法，不自覺地浮上了雷娜的心頭。

雖然對鬼魂的排斥感還在，但雷娜也逐漸感覺到，鬼魂似乎真的如任凡所說的那樣，有好壞之分。

「好了，」任凡轉向中年大嬸說：「我們現在已經在路上了，因為加入了一位新的成員，請妳跟我們說明一下，關於妳妹妹的事，還有為什麼，妳會知道她堅持要附身在這個人身上。」

聽到任凡這麼說，雷娜沉下了臉，轉向中年大嬸。

中年大嬸臉上的笑容漸漸褪去，沉吟了一會之後，緩緩地講述起整個事件的始末。

2

中年大嬸叫做露絲，是個活在四十多年前的女性。

為了讓雷娜可以了解情況，任凡讓露絲將詳細的情況告訴雷娜。

露絲出生在鄉間小村的一戶農家中，家裡的成員單純，農家生活的平淡與寧靜，也跟一般農家沒什麼兩樣。

雖然家境沒有很富裕，但起碼不算貧窮，所以生活倒也算幸福快樂。

但這一切，在露絲的妹妹茱莉亞誕生之後，有了巨大的轉變。

露絲的父母非常疼愛這個妹妹，所以這個妹妹從小就被寵壞了。

也因為這個緣故，讓露絲的妹妹有個非常嚴重的問題，就是非常好勝，完全不能接受失敗。

但在露絲家鄉的農村，實在沒什麼可以競爭的目標，因此露絲常常就成為妹妹的目標。只要露絲要什麼，妹妹就要什麼。

這種情況聽露絲說不只在生前，就連死後茱莉亞也是個非常好勝、不肯認輸、相當頑固的鬼魂。

這種好勝的心情，幾乎支配了茱莉亞的一生，她的人生隨時都在跟自己的姊姊比較、競爭。

雖然說，大家已經盡可能讓著她，但茱莉亞好勝的心卻是有增無減。

後來因為姊姊露絲比較早有了對象，妹妹茱莉亞不甘心，竟然隨便找了一個人就吵著要出嫁。

原本還以為嫁為人妻的茱莉亞，這種好勝心會收斂一點。

誰知道茱莉亞非但沒有收斂，甚至還變本加厲。

不但自己要贏人，就連自己家的一切都不能輸。

這種為了勝負而生的生活，不只有茱莉亞自身難受，就連茱莉亞的老公也被搞得快要精神崩潰了。

最後茱莉亞的老公受不了，竟然跟其他女人有染，而且還被整村的人知道了。

不但如此，茱莉亞的老公還跟那女人遠走高飛，丟下茱莉亞一個人在村莊中，承受眾人恥笑。

一般人都不見得能接受另一半外遇拋家了，一生好勝無比的茱莉亞，當然更丟不起這個臉。

於是，在那個冬天的夜晚，再也忍受不住這種恥辱的茱莉亞結束了自己的生命。

聽著露絲講述關於茱莉亞的事，除了任凡之外，所有人的臉色都不禁下沉。

這樣的結局，不管對任何人來說，都是一場悲劇。

對茱莉亞來說是悲劇，對任何生活在茱莉亞身邊的人來說，也是場悲劇。

人或多或少都有好勝心，但是像茱莉亞這種好勝到了極致的人，也算是天下少有。

「妳現在知道了嗎？」任凡似笑非笑地轉向艾蜜莉說：「妳的脾氣要是再那麼倔強，有一天也會變成那樣，怎麼死的都不知道。」

聽到任凡這麼說，艾蜜莉不服氣地鼓起臉說：「我已經死過了，大哥哥你是腦袋糊塗了嗎？」

任凡白了艾蜜莉一眼，不想接話，不然艾蜜莉肯定會跟他鬥嘴鬥到天荒地老。

在露絲所說的故事中，只是她妹妹茱莉亞的「人」生，不過現在的問題，應該還是在她死後的「鬼」生，這才是問題的關鍵點所在。

不理會艾蜜莉，任凡示意露絲繼續說下去。

當然，即使露絲不說，任凡也大概猜得到。

茱莉亞在死後，還是死性不改，加上被老公背叛與被村子裡的人指指點點的痛苦，讓茱莉亞變成了怨靈，留在人世。

而這樣的怨念，讓她將自己的目標轉向那個背叛自己的老公身上，一切都是因為他，要不是這個男人，自己也不會走到這一步！

茱莉亞的老公，在與村子裡另外一名女子私奔後，到了另外一個地方定居，並且在那裡成家。

茱莉亞當然不可能這樣放過自己的老公，於是在茱莉亞死後的第三年，茱莉亞找上了自己的老公，並且殺害了他。

原本還以為這樣可以平息茱莉亞的怨念，但茱莉亞在殺害了那個負心漢之後，不但沒有因此收手，還將魔爪伸向了負心漢與私奔女子共組的家庭及其後代。

就這樣，茱莉亞成為了那家人的夢魘，他們不斷搬家逃亡，只為了躲避茱莉亞的詛咒。

聽到這裡，原本都沒什麼反應的雷娜，突然大怒跳了起來。

「憑什麼？」雷娜面紅耳赤地叫道：「她到底憑什麼？就只因為自己被背叛，她就可以毀了人家一家？就只因為這樣？要報仇殺了那個負心漢就好了，為什麼連其他的人也要殺？說起來還不是因為她自己賭氣隨便找人嫁了才會落得這個下場，不是嗎？」

整個車廂的人跟鬼都被雷娜這突如其來的怒氣給嚇了一跳，每個都瞪大了雙眼看向雷娜，就連原本窩在艾蜜莉腿上睡覺的利迪亞，也被嚇到跳起來膨起尾巴。

「雖然我不認識妳妹妹，」雷娜看了一下場合，稍微壓低音量，但仍然不悅地對著露絲說：「但是很抱歉，從妳說的感覺，我很不喜歡她，如果我是她老公，我也——」

任凡打斷了雷娜的話，冷冷地說：「但妳並不是她老公，所以請妳冷靜一點。妳如果真的那麼氣茱莉亞，我們現在就是要去收服她，妳還是把妳的怒火先好好收藏起來，等我們到了目的地，會給妳機會好好發揮的。」

聽到任凡這麼說，雷娜想想也對，雖然還是很生氣，但還是坐了下來，深呼吸幾口氣之後，比了比手勢，要露絲繼續說。

就這樣，不管那一家人逃到哪裡，茱莉亞總能夠在幾年後，找到他們。

而只要家族裡有人被殺害，他們就會搬離現居地，另找一個新地方定居。

就這樣維持了十多年，一直到茱莉亞被安東尼收服，關進潘朵拉之門，這一家族的人才得以獲得喘息。

誰知道，潘朵拉之門在半年前被人打開了，茱莉亞也因為這樣逃了出來。

從露絲的口吻聽起來，似乎不知道打開潘朵拉之門的人正是眼前的任凡，艾蜜莉跟戴爾聽到這裡，都不自覺地看了任凡一眼。

而了解茱莉亞的露絲也料想到，茱莉亞遲早會找上那一家人。擔心自己的妹妹越錯越多，終有一天會得到報應，所以露絲才會想找黃泉委託人，希望可以終結妹妹跟那一家的孽緣。

而就露絲所知，妹妹茱莉亞已經得知現在這一家的第三代子孫就住在特魯瓦蓬，並且將目標鎖定在那家人才剛滿六歲的小男孩身上。

以過去的經驗來說，茱莉亞會附身在那個小男孩身上，讓那個小男孩承受足夠的痛苦而死。

這就是露絲的委託內容。

聽完事情原委後，雷娜雖然感覺到氣憤，但就好像任凡所說的那樣，目前眾人正是要前往阻止茱莉亞，與其在這邊對著露絲痛罵她妹妹，不如保留體力，屆時再好好對付那個令她痛恨的鬼魂。

對雷娜來說，這個鬼魂附身的案例，她倒覺得還好，畢竟過去聽約翰神父說過不少驅魔案例，其中不乏類似的例子，所以雷娜並不覺得驚訝或新奇。

真正讓雷娜比較驚訝的，還是謝任凡這個人，不要說任凡可以跟鬼魂好像一般人一樣溝通，更讓雷娜訝異的是，這傢伙竟然大剌剌地做起鬼魂的生意。接受鬼魂的委託，收取報酬，這完全是雷娜想都沒有想過的事情。

原本一開始她認為任凡是神棍，但現在看起來，還比較像是個「鬼棍」，畢竟照任凡的說法，他完全不接受人類的委託。

而至於鬼魂是不是真的可以付給任凡他可以使用的「報酬」，也讓雷娜覺得好奇且難以置信。

「睡一會吧，」任凡對雷娜說：「還要好一陣子，才會到達我們的目的地。」

的確，對兩人來說，現在最重要的是保留體力，畢竟驅魔是一種耐力的競賽。

雷娜靠著窗邊，看著眼前不停奔騰而過的景象，慢慢闔上雙眼，進入了夢鄉。

3

靠在火車窗邊睡了一陣子，雷娜作了一場好長的惡夢。

或許是因為跟這些鬼魂竟然就這樣大剌剌地坐在同一個車廂裡，也或許是剛剛聽完露絲所說的，關於她妹妹茱莉亞的事。

雷娜會如此火大，不是沒有原因的。

因為她的家族，就是被像茱莉亞這樣的鬼魂，給搞到家破人亡的。

如果在台灣，那麼雷娜一家人，或許會被大家稱之為「遺傳性的敏感體質」。

因為雷娜一家，幾乎每個成員都曾被鬼魂附身過，這也是雷娜為什麼會有陰陽眼的原因。

然而，不比任凡或安東尼的家族，雷娜一家人因為這樣的體質，常常成為鬼魂的目標。

唯一值得慶幸的是，雷娜一家人遇到的鬼魂，大部分都沒有太大的惡意，多半只是對人世間有所眷戀才會找上他們附身，所以一直也算是相安無事。

但這一切，卻在遇上了一個惡靈之後，完全變了樣。

雷娜根本不知道，自己的家人是怎麼惹上這個惡靈的。

從有記憶以來，母親就一直帶著她跟姊姊還有弟弟，四處奔走，只為了躲避與尋找任何可以對抗這隻惡靈的方法，可是這個惡靈卻始終沒有放過雷娜一家。

「不要！」

雷娜永遠記得，弟弟被惡靈控制之後，自殘至死的那一幕。

惡靈終究還是害死了雷娜的姊姊與弟弟，而為了保護這個僅存的女兒，雷娜的媽媽，將雷娜送進了修道院。

最後雷娜的媽媽也被惡靈所殺，只剩下躲在修道院的雷娜逃過一劫。

這些年來，雷娜一直不了解，為什麼那個惡靈會如此恨自己的家族？

一度，雷娜也尋求了宗教的力量，但讓雷娜無法接受的是宗教那些繁文縟節，而雷娜與生俱來的陰陽眼，也為她帶來不少困擾。

就在這個時候，雷娜聽說梵蒂岡重啟驅魔課程，雷娜便來到梵蒂岡，但是卻因為不具有神職人員的身分，而被拒於門外。

不願意放棄的雷娜，一直想盡辦法想進梵蒂岡學習驅魔課程，結果在機緣巧合下，認識了約翰神父。

約翰神父禁不起雷娜的懇求，於是將自己所學的驅魔知識教給雷娜。

只是學歸學，雷娜終究不是神職人員，教廷方面也不可能讓她學以致用。

而約翰神父也一直很擔心，雷娜會不會自己找機會就真的去幫助那些被惡靈附身的人。

在沒有任何支援的情況下，獨自進行驅魔儀式，是非常危險的行為。

了解雷娜的約翰神父知道，雷娜很可能會不顧這些危險，所以約翰神父才會想要找任凡幫忙。

至少在任凡身邊，雷娜多少都有點保障。

當然這些雷娜並不知情，在她的心目中，還是認為任凡只是個惹了麻煩求助於約翰神父的神棍。

靠在窗邊，雷娜作了很多與過去有關的惡夢。

她在夢中又再度經歷了弟弟的死亡，那種無助與恨意就好像烙印在自己心中的痛，隨時在自己最沒有防備的夢中，侵襲著自己的心。

「雷娜。」一個由遠而近的呼喚，動搖著雷娜的意識。「雷娜！」

雷娜猛然張開雙眼，發現自己還在火車的車廂中。

任凡對著雷娜搖了搖頭。

「妳的睡癖很差，」任凡沉著臉說：「沒人告訴過妳嗎？」

「沒有，」雷娜白了任凡一眼說：「我又沒有礙到你，又不是靠到你的肩膀或什麼的。」

「比那些還要糟糕。」任凡搖搖頭無奈地說。

「不然我是怎樣？」

「妳一直在那邊喊不要、不要的，」任凡冷冷地說：「想害死人嗎？」

聽到任凡這麼說，雷娜也注意到了，不只有任凡，其他在場的鬼魂與附近的乘客，也都用詭異的表情看著雷娜，讓雷娜渾身不自在。

「最好你睡覺都沒說過夢話，」雷娜啐道：「為了這點事情就把人家吵醒……」

「叫妳醒來不是這個原因。」任凡淡淡地說。

「不然怎麼啦？」

「火車，」任凡指了指窗外說：「停了。」

雷娜朝窗外看過去，天色已經昏暗，只有遠處的村落，亮著零星的燈光。

不過事情真如任凡所說的，火車已經停下來了。

4

「這裡是哪裡？」

窗外除了西北方的村莊有一些燈光外，其餘放眼望去都是森林，很難辨識出目前火車所在的位置。

「從時間算來，」任凡淡淡地說：「應該快到我們的目的地了。」

在任凡的要求下，一旁的戴爾偶爾會告訴任凡現在的時間及周遭環境的變化，好讓任凡可以隨時掌握情況。

廣播裡面傳來列車長的聲音，「對不起，各位旅客，因為機械故障的緣故，所以本列車目前無法繼續行駛，請各位少安勿躁。我們已經聯絡鐵路局，很快就會有人員前來處理。」

這時列車上的服務人員正好進到車廂，似乎是要安撫乘客。

最前面車廂的一些乘客正起鬨著，希望可以在這邊下車。

由於距離前面的車站，大概只有五公里左右的路程，最後服務人員透過對講機詢問過列車長後，打開了車門，讓一些打算下車的乘客下車。

「這裡離我們的目的地還有多遠？」任凡問。

「原本我們如果到站的話，可能還需要轉搭公車一段路程，」露絲說：「不過如果這邊下車的話，我們只要穿越那片森林，應該就可以抵達目的地了。」

雷娜看著窗外，雖然天色昏暗看不出來森林有多廣，不過料想應該不會太遠，畢竟距離特魯瓦蓬也頂多十公里不到。

「我看我們用走的吧？」雷娜問。

「嗯。」

「那就走吧。」

任凡等人從北側下了車，慢慢朝森林走去。

回頭望去，雷娜發現只有自己這群人是朝那個方向走的，其他人都是往車站的方向去。

看著停滯不前的列車，不知道為什麼，雷娜心中有種說不出的不祥感。

今天的夜晚顯得異常寧靜。

計算過死神印記發作的時間，任凡知道自己剩下的時間應該不多了，所以決定先趕到目的地再說。

「只要再越過前面那個山坡上的森林，應該就可以到了。」

然而，眾人已經越過了三座山坡，不要說村落，就連森林都還沒有走出去。

「對不起，」一路上，露絲頻頻向眾人道歉。「因為我十多年沒有來過這附近了，所以我也記不太清楚。」

雖然說鬼魂不會累，但一行人中，還有兩個活人，一男一女。

尤其對雙目失明的任凡來說，行走這種凹凸不平的林間小路，比起一般的道路還要來得辛苦許多。

也不知道走了多久，按理說走那麼久，也應該到了才對，畢竟從火車當時拋錨的地方算來，差不多只剩下幾分鐘的車程就到站了，再轉搭公車，頂多也只需要半小時左右吧。

而眾人下車那麼久了，少說也已經連走好幾個小時的路了，再怎麼樣也該到了才對。

可是這片森林卻好像永無止境般，不但走不完，就連四周的景象都沒有什麼太大的變化。

「從剛剛……」任凡突然停下腳步，皺著眉頭說：「我就一直感覺不太對勁。」

「利迪亞也是，」艾蜜莉抱著騷動不已的利迪亞，嘟著嘴說：「平常我抱著牠，牠都會乖乖的，可是從剛剛到現在利迪亞都一直動來動去……」

「因為走了那麼久還沒出森林？」戴爾認同地點了點頭說：「我也察覺到不對勁了。」

「不，不只這個，」任凡搖了搖頭說：「你們都沒有察覺嗎？」

眾人面面相覷，都不知道任凡說的到底是什麼。

「所以你到底發現了什麼？」雷娜耐不住性子，皺著眉頭問。

「我覺得好像，」任凡低著頭說：「這附近……不太乾淨。」

「啊？」聽到任凡這麼說，眾人都張大了嘴。

「你在說什麼啊？」雷娜不解地說。

「我感覺，」任凡冷冷地說：「好像一直聞到一股怪味道。」

「什麼怪味道？」

任凡低著頭，沉吟了一會說道：「……死亡的味道。」

聽到任凡這麼說，所有人的臉色都是一沉。

眾人狐疑地看著四周。

雷娜皺著眉頭掃視周圍的森林，除了因為天色昏暗，感覺起來比較陰森之外，不管怎麼看都跟一般的森林沒什麼兩樣啊。

就在雷娜心想著，這傢伙當真是個神棍，盡說一些神神秘秘的話，裝神弄鬼，可是雙眼卻在這時候看到了一點奇怪的東西。

仔細一看，雷娜終於看出端倪了。

那些原本看起來就好像垂下來的樹枝與樹藤，在雷娜定睛一看之後，終於明白為什麼任凡會這麼說了。

那些垂下來的根本不是樹藤之類的東西，而是一雙又一雙的腳啊！

「腳……腳，」雷娜顫抖地用手指著那些垂降著的雙腳叫道：「有腳！」

「啊？」

「你們沒看到嗎？」雷娜著急地叫道：「那些不是藤蔓，是腳啊！」

其他人聽到雷娜這麼說，都瞇著眼睛仔細看，過了一會之後，每個人臉上的表情都不約而同浮現出驚恐。

「對！」艾蜜莉看了之後，一臉厭惡地拉著任凡的衣服叫道：「大哥哥，那些真的都是腳啊。」

任凡無奈地搖搖頭說道：「四對眼睛，人鬼都有，陰陽兩界都看得到，到底是你們瞎了還是我瞎了，走了那麼久，居然都沒有人發現，不會太離譜了嗎？」

「快！」雷娜這時早就沒有心情理會任凡的諷刺，大聲叫道：「我們快走！」

「來不及了。」任凡無奈地聳聳肩。

就在任凡這麼說的同時，不知道從哪裡冒出來的樹藤，將在場的所有人和鬼都套住，並且拉入森林中。

第4章・生還者

1

額頭傳來的痛楚，讓伊芙緩緩張開雙眼。

世界是一片漆黑，只有隱約的月光勾勒出模糊的影像。

伊芙瞬間想起暈倒前的情況，猛然坐了起來。

她記得自己在試圖跳過橫木時，被樹藤纏住腰，然後被扯入樹林中。

樹藤拉著伊芙，讓她在樹幹間滑行了好長一段距離。

伊芙試圖想要鬆開纏住自己腰部的樹藤，可是樹藤纏得很緊，沒有那麼容易鬆開。

樹藤一直拖行著伊芙，絲毫沒有慢下來的趨勢。

在努力了好一陣子之後，伊芙才終於用隨手撿來的石塊割開纏住自己的樹藤。

在解開樹藤之後，伊芙的身體瞬間與樹藤脫鉤，可是拖行的力道讓她仍然繼續向前滑行。

當伊芙抬起頭來時，看到自己正朝一棵樹衝過去，但就算看到了也來不及躲避，只能眼睜睜看著自己撞上樹幹。

撞擊的力道之大，讓伊芙瞬間就失去了意識。

清醒之後，伊芙摸了摸自己額頭的痛處，腫了個包、流了些血，但似乎沒什麼大礙。

伊芙全身沾滿了泥土，上面還黏附著一些樹葉雜枝，因為被緊纏的樹藤拖行擦撞，導致衣褲也有些部分磨破了，所幸隨身攜帶的腰包還在身上。

伊芙摸了摸腰包，從中掏出一支手電筒，雖然這種小型的手電筒，光線有點不夠，但是在這昏暗的環境之中，卻是伊芙最可靠的夥伴。

伊芙轉亮手電筒，撐著痠痛的肢體站起身，看了看四周，地上還留有一道自己被拖行的痕跡。

可能前些日子有下過雨，除了開闢讓人行走因而較少樹蔭的林間小路外，森林裡的水分不容易蒸發，所以土地還有點潮溼鬆軟，才會清楚地在地上留下自己被樹藤拖行的痕跡。

看到這個痕跡，讓伊芙有了方向。

如果順利的話，伊芙至少有機會回到剛剛大家一起走的林間小路。

至於回到林間小路之後，該怎麼辦？

其他人又該怎麼辦呢？

這些問題伊芙暫時沒有辦法去想，只能走一步算一步。

印象中，那樹藤纏住自己之後，並沒有朝一個固定的方向拖行，比較像是漫無目的地亂拉。

所以除了跟著痕跡之外，伊芙根本沒辦法分辨東南西北。

伊芙撿了根比較粗的樹枝當柺杖，除了支撐疼痛的身體，也方便自己撥開這些雜草與擋路的樹枝，沿著痕跡往回走，希望可以走回原來的林間小路。

痕跡斷斷續續地，伊芙不知道自己走了多久，只知道痕跡一會向左、一會向右，還有因為拉太快而騰空，好一段距離沒有留下拖痕，非常的混亂。

這座森林到底是怎麼回事？

伊芙感到欲哭無淚，心中暗自咒罵著那個為了黎安娜而害自己現在得被困在這個恐怖森林裡的菲爾。

打從第一眼，伊芙就對菲爾完全沒有好感，脾氣暴躁，做事情不經大腦，總是一副全世界的人都不了解他的模樣，明明就沒什麼成就，卻老喜歡裝得自己很懂，是個自以為是的傢伙。

伊芙用力揮動著手上的樹枝，彷彿把路上擋路的樹枝都當成菲爾一樣抽打。

突然「啪」的一聲，伊芙感覺手上的樹枝彷彿抽打到一個有點重量的東西，她將手電筒轉向剛剛打到的東西，一看之下臉色驟變，倒抽了一口氣。

伊芙看到了樹梢上，吊掛著一個熟悉的東西，在她的眼前搖晃著。

這個熟悉的東西，不是先前看到的那些一雙雙垂下來的腳，而是一條斷掉的手臂。

手臂的切口還兀自滴著鮮血，剛剛伊芙手上的樹枝就是抽到了這隻斷掉的手臂。

而這隻手臂讓伊芙感到熟悉的地方，是手臂上面的衣服，一件拉風的外套衣袖。

伊芙一眼就看出來，那是傑西身上穿的衣服，換句話說，這是傑西的手臂。

伊芙看著手臂，過度的恐懼讓她整個人都愣住了，腦海中一片空白。

也不知道就這樣愣愣地看著傑西的斷臂多久，身後突然傳來了草叢騷動的聲音。

聲音將伊芙拉回現實，伊芙猛然回頭，看著身後的草叢。

想開口問是誰，但同時也害怕暴露自己的位置。

伊芙只能屏住氣息，睜大眼睛看著身後草叢的動靜。

騷動慢慢朝伊芙靠近，讓伊芙感覺心臟都快要跳出來了。

「黎安娜？雪儂？」

這時草叢裡傳出了一個男人壓低聲音的呼喚，讓伊芙整個人鬆了口氣，雖然分辨不出這壓低的聲音是誰的，但可以確定，往自己這邊靠過來的是同伴。

就在伊芙這麼想的同時，草叢往左右兩側分開，一個人從中走了出來。

眼看是自己的同伴，伊芙原本是一臉開心的模樣，然而等到那人走了出來，伊芙開心的表情卻瞬間消失，立刻換上失望的表情。

因為出現的不是別人，正是剛剛她在心中暗自咒罵的菲爾。

「黎安娜？」菲爾從樹叢中走了出來，一邊壓低聲音叫道，然後看到了伊芙，臉上露出了鬆一口氣的表情。

「伊芙。」菲爾朝伊芙跑了過來問道：「妳沒事吧？」

伊芙冷冷地搖了搖頭。

「其他人呢？妳有沒有看到其他人？」

伊芙聽了之後，默默地將手上的手電筒指向傑西的斷手。

菲爾轉過去，隨即，臉色也跟著沉了下來。

「不行！」菲爾用力搖了搖頭說：「我們要快點離開這裡！」

菲爾說完，轉過頭來對著伊芙說：「妳還記得我們先前走的小路在哪裡嗎？」

伊芙指著地上的拖痕說：「我剛剛一直沿著這條痕跡走的，我想只要跟著這條拖痕，應該就可以回到先前的小路。」

「嗯，」菲爾點了點頭，對伊芙比了比大拇指說：「沒錯，妳的想法是對的，我們快走。」

被菲爾稱讚伊芙一點也不覺得開心，不過她也非常認同菲爾所說的，現在最重要的就是先離開這裡。

「那個呢？」伊芙苦著臉指著傑西的手說：「要帶著嗎？」

伊芙的想法很簡單，如果傑西只斷了條手臂，帶著它的話，或許順利逃出去之後，還可以縫合。

「妳要幹嘛？」菲爾卻是一臉厭惡地說：「想帶回去做紀念嗎？要拿妳自己拿，我現在只想離開這片天殺的森林。」

菲爾說完之後，不理會伊芙，順著地上的痕跡向前走。

伊芙皺著眉頭看了看傑西的手臂之後，搖了搖頭，也跟著菲爾一起走了。

雖然跟菲爾相處沒有幾天，但已經足以讓伊芙看透菲爾，她真的打從心裡討厭眼前這個男人。

成天惹事，遇到事情又叫得比別人都還大聲。

不過她不想再浪費力氣去指責任何人了，現在伊芙只期望可以趕快找到其他人，並且回到小路，然後頭也不回地離開這片森林。

2

雖然有千萬個不願意，但在這種時候，伊芙也沒有其他的選擇。

伊芙與菲爾一起走在森林中，一邊試圖回到小路，一邊找尋其他人的下落。

兩人一直循著地上的拖痕，可是地上的痕跡卻越來越模糊，到最後完全消失了。

「妳那邊呢？」菲爾四處找了一會，對著伊芙叫道：「有沒有看到痕跡？」

「沒有。」

兩人在附近找了好一陣子，卻完全沒有再看到任何的痕跡。

因為一路跟著地上的拖痕，兩人早已不分東西南北，在這任何地方看起來都沒什麼兩樣的森林裡，完全失去了方向感。

「這下可好了！」菲爾指著伊芙的鼻子大叫道：「一開始是妳說要跟著這愚蠢的拖痕，現在好啦！拖痕沒了，妳自己說，要怎麼辦？」

「我怎麼知道要怎麼辦？」伊芙不甘示弱地叫道：「奇怪耶，你那麼厲害，為什麼不說個好辦法來聽聽？」

「現在還有什麼好辦法？」菲爾叫道：「我們被妳這條拖痕搞得一會左、一會右，誰還分得清這裡是哪裡？」

伊芙抿著嘴，瞪著菲爾說：「你也不想想，如果不是你……」

伊芙話還沒說完，衣領就被菲爾一把抓住，菲爾一臉狠勁，咬牙切齒地對伊芙說：「我發誓，如果妳不是女人，我肯定打到妳滿地找牙！」

「哼，」伊芙也不甘示弱，瞪著菲爾說：「你以為這樣，你就可以算是男人了嗎？」

菲爾聽到之後，心一橫，知道如果不給這女人一點顏色瞧瞧，這女人的嘴是永遠不會閉上的。

就在菲爾打算狠狠給伊芙一拳的時候，身後的草叢突然傳來一陣騷動。

菲爾內心一凜，被抓住衣領的伊芙也是臉色驟變。

菲爾放開伊芙，轉過身來，看著後面的草叢。

草叢中走出了個人影，伊芙用手電筒照過去，是一名東方男子。

雖然看起來不是兩人所認識的人，但至少可以確定是個活人。

「謝天謝地，」伊芙白了隔壁的菲爾一眼說道：「終於讓我遇到個男人了。」

言下之意，就好像在說菲爾在她的面前完全不是男人，菲爾當然也聽得出伊芙的意思，還沒做出反應，那東方男子倒是停下了腳步，轉向兩人這邊。

東方男子一轉身，兩人看著東方男子的臉，瞬間都傻了。

「哈，」菲爾笑著說：「原來在妳的心目中，只有瞎子才是真正的男人啊！」

「菲爾！」伊芙揮了揮手說：「他聽得到你講話，你這樣講太不尊重人了！」

「沒關係，」菲爾一臉不屑地笑著說：「他聽不聽得懂都還是個問題。」

菲爾轉向東方男子，用嘲笑的口吻說：「哈囉，你聽得懂我在說什麼嗎？」

菲爾那機車的臉，不要說被他侮辱的對象了，就連伊芙都很想狠狠給他一巴掌。

「聽不懂，」東方男子冷冷地說：「我是人，當然聽不懂狗在叫什麼。」

菲爾聽了臉色驟變，快速向前踏了一步，作勢就要過去動手。

那東方男子似乎也察覺到菲爾的行動，伸手進入側揹的袋子裡。

菲爾定睛一看，雙腳頓時定住，不敢再往前。

因為東方男子那個側揹的帶子，突起了一根圓柱，看起來就好像有槍在裡面。

「別那麼衝動，」東方男子不懷好意地笑著說：「我不想浪費武器在你身上。」

想不到對方竟然有槍，雖說對方看不見，但菲爾可不想拿自己的命來開玩笑，尤其對方此刻袋子裡的槍口，可是很準確地對準了自己。

「我不想跟你有任何瓜葛，」東方男子冷冷地說：「所以你想要去哪裡就請自便吧。」

菲爾板著臉，往後退了兩步。

「走吧，」菲爾招了招手，示意要伊芙跟他一起走。「這傢伙是個瘋子，離他遠一點。」

伊芙想到剛剛如果不是這名東方男子突然出現，不知道菲爾究竟會對她做出什麼事，見到菲爾招手，伊芙一點也不想跟著他走。

「怎麼啦？」菲爾瞪大雙眼看著伊芙說道：「快過來，我們走啊！」

伊芙緩緩地搖了搖頭，從菲爾身邊退開幾步。

「她好像不想跟你一起走。」東方男人似笑非笑地說。

「真是白痴！」菲爾罵道：「隨便妳吧！我懶得理妳了。」

菲爾罵完，轉過身就走入草叢中。

腳步聲越來越遠，在確定菲爾走掉之後，東方男子將手從袋子裡面抽出來，伊芙也看清楚了東方男子手上的東西，那根本不是一把槍，只是一支麥克筆。

東方男子用麥克筆搔了搔自己的頭笑著說：「還好他膽子小。」

看到東方男子竟然只用了一支筆就把菲爾趕跑，伊芙不禁笑了出來。

「你是這附近的人嗎？」

東方男子搖搖頭說：「我對這附近一點也不熟，我想我跟你們一樣，是被拖進來的。」

聽到東方男子這麼說，伊芙的臉色沉了下來。

東方男子將筆收進袋子裡，沒再多說什麼，轉身就朝另外一個方向走去。

「啊？」想不到對方會突然這樣走掉，伊芙叫道：「你、你要去哪裡？」

「我有幾個夥伴，」東方男子淡淡地說：「我得先找到他們。」

東方男子說完，沒有給伊芙太多考慮的時間，旋即走進草叢中。

伊芙猶豫了一會之後，往東方男子的方向追了上去。

3

選擇跟著眼前這個失明的東方男子，對伊芙來說，完全是意氣用事之下的決定。捨棄自己原本的同伴，跟一個連是好人或壞人都還不能確定的陌生盲人走，一般來說是相當不明智的選擇。

任何人在意氣用事下所做的決定，多半都會讓自己陷入難以自拔的深淵。

但這一次，伊芙卻因為這樣的意氣用事，意外地在這絕望的森林中，有了一絲希望。

這恐怕也是伊芙始料未及的。

畢竟眼前這個東方男子不是別人，正是黃泉界著名的黃泉委託人——謝任凡。

當然此刻的伊芙並不知道這點，她甚至從來沒有聽過黃泉委託人這個名號。

伊芙只知道眼前這個男人，雖然雙目失明，但是以一個看不見的人來說，他的身手還滿敏捷的。

任凡拿一根樹枝當成枴杖探路，快速地穿梭在樹林中。

「除了妳跟那個講話很不客氣的男人之外，」任凡對緊跟在後面的伊芙問道：「你們還有幾個人？」

「連我在內的話，我們一共有六個人。」

「嗯，」任凡說：「所以剛剛我遇到的女人，應該也是跟你們一起的。」

「你剛剛有遇到人？」

「對，」任凡點了點頭說：「但是她一看到我，就沒命似地逃跑。」

「她有什麼特徵嗎？」

伊芙心想如果有點特徵的話，說不定她可以猜出任凡遇到的人是誰。

「沒有，」任凡冷冷地說：「很抱歉我看不到。」

「啊，對、對不起。」

「沒關係。」任凡搖了搖頭說：「她一看到我就跑，或許是因為在這森林裡，遇到任何自己不認識的人，多少都有點嚇人吧。」

聽到任凡這麼說，伊芙點了點頭，畢竟如果剛剛不是跟菲爾在一起，自己說不定也會有相同的反應。

「我有幾個夥伴，」任凡說：「我必須要找到他們。」

任凡說完之後，繼續向前走。

言下之意，就是他目前並不打算離開森林，但伊芙別無選擇，現在也只能跟著眼前這名陌生的東方男子，運氣好的話，說不定也有機會找到自己的夥伴。

但是越跟，伊芙的內心就越恐慌。

她很懷疑這個男人到底知不知道自己要往哪裡去？

想想自己也覺得好笑，如果自己真的可以逃出這裡，說出去恐怕大家都會覺得自己瘋了，竟然會跟著一個瞎子在迷路的森林中找人。

這個世界上還有比這更絕望的嗎？

看著任凡的背影，伊芙感覺自己的眼淚都快要流出來了。

如果這一次，真的可以逃出這片森林，她永遠都不要再自助旅行了。

4

任凡察覺到森林不對勁之後，其實早已經做了點準備。

所以當樹藤纏住任凡的腳，並且將他往森林裡拖時，任凡很快就解開了纏住自己雙腳的樹藤，重獲自由。

對任凡來說，這樣的森林並不算什麼新鮮事。

一般來說，地縛靈有兩種。

一種是像出車禍等等的意外事件，由於一切來得太快、太突然，導致死者在死前受到過度的驚嚇，或者更有甚者壓根不知道自己已經死亡。

類似這樣的靈魂會滯留在命案現場，無法離開。

可是另外一種就很糟糕了，與前者不同的是，這些被困住的鬼魂，在死前充滿了恨意，加上被困在死亡現場，因此與現場的環境產生了融合，最常見的就是抓交替的水鬼，這種地縛靈比起前者來說，要危險很多。

當然，眼前的這片森林，肯定屬於後者。

雖然說這樣的情況對任凡來說，一點也不陌生，但過去任凡所承接的委託中，卻很少跟這類的鬼魂打交道。

畢竟不管是人還是鬼魂，都不會想要跟這樣的鬼魂有任何往來，而這些地縛靈更不可能離開自己被拘禁的地方，跑去找任凡。

況且任凡「六大不接原則」中的第三項就表明了，抓替身、找替死鬼的工作不接。

所以除了跟撚婆一起在台灣到處掃蕩惡靈的時期外，任凡鮮少跟這樣的鬼魂接觸。

而當時兩人一起掃蕩惡靈的成果，也保障了日後任凡成為黃泉委託人的安危。

在兩人的掃蕩下，幾乎大部分的惡靈都被撚婆制伏，所以對日後成為黃泉委託人的任凡，整體來說執業的環境還算是良好，幾乎沒有機會遇到太過強大的惡靈，當然，除了後來的武則天以外。

但來到歐洲之後，環境就沒有那麼好了，隨處都可以看到據地為王的惡靈，讓任凡執業起來困難重重，不過所幸對任凡來說，避開這些惡靈他已經非常駕輕就熟了。

可是現在卻在自己狀況最糟的時候，走入這種地方，真的讓任凡覺得不妙。

實在不應該接下這個委託的。

在被拖入森林裡之後，任凡就一直這麼認為。

雖然這個委託對任凡來說，沒有什麼意外性，他也非常清楚這一切是怎麼回事。

但是對現在的任凡來說，知道是一回事，能不能夠應付又是另外一回事。

可惜的是，因為死神印記的關係，任凡並沒有太多選擇的時間與機會。

這不免讓任凡對死神一二九感到氣憤，既然要人家幫他抓鬼立功，又不給類似名冊或者可以判斷的工具，光是要找到一個從潘朵拉之門逃出來的鬼魂，就已經是困難重重了，更遑論要制伏對方。

而就在內心咒罵死神一二九的同時，任凡聽到了一男一女爭吵的聲音。

任凡循聲而去，就遇到了伊芙與菲爾。

對現在的任凡來說，最重要的當然是尋回與自己一起進來的同伴。而隨著時間流逝，他們遭遇不測的機會就會越來越高，所以任凡不敢停下腳步，不斷朝森林的中心走去。

在森林露出它兇狠的真面目之後，對任凡來說，反而一切都變得比較清晰了，他可以清楚地感覺到一股強大的靈力就匯集在森林的深處。

憑藉著這股感覺，任凡希望可以盡快找到失散的夥伴們。

任凡加快腳步穿梭在森林中，伊芙緊緊地跟在後面。

但任凡越走越快，好幾次伊芙都差點跟丟了。

「等等，」伊芙喊著任凡：「拜託你，走慢一點。」

聽到伊芙這麼說，任凡停下了腳步。

伊芙好不容易跟了上來，上氣不接下氣地喘著。

「如果妳覺得吃力的話，」任凡皺著眉頭說：「妳可以慢慢走，只要朝著同一個方向走就可以了。」

畢竟對任凡而言，現在時間非常珍貴，如果不及時找到其他人的話……

「不！」伊芙用力地搖搖頭說：「拜託！不要丟我一個人在這裡！這裡真的……太恐怖了，求求你。」

「不過，」任凡一臉困擾地說：「我必須加快腳步，不然我擔心我的夥伴們……」

「不，我不會拖累你的。」

伊芙試著想要站直，但雙腳卻不停顫抖，最後反而整個人跪倒在地上。

任凡非常清楚，這不單單是因為眼前這個女子累了，再加上一個人被迫在這樣的森林中，面對未知的恐懼感，才會讓她連站都站不起來。

人就是這麼奇妙的生物。

一旦被恐懼感征服了，即便知道自己必須保持冷靜，也沒辦法說保持冷靜就保持冷靜。

任凡搔了搔頭問道：「妳為什麼會討厭剛剛那個討人厭的男子？」

伊芙知道任凡說的是菲爾，只是她不知道為什麼任凡會突然問自己這個，所以在聽到任凡這麼問之後，伊芙先是一愣，然後皺著眉頭說：「你這人也真好笑，都說他是討人厭的男子，還問我為什麼討厭他。」

任凡苦笑地說：「我不知道他叫什麼名字啊，而且我們討厭他的原因可能不一樣啊。」

「嗯，」伊芙點了點頭說：「我討厭他是因為他非常自以為是，而且做事情不經大腦，我們今天會被困在這裡，都是他害的！」

伊芙一想到菲爾就會一肚子火。

「聽起來妳好像挺了解他的。」任凡笑著說。

「唉，」伊芙揮了揮手說：「這種人見多了，沒事的時候就愛吹噓，說話比誰都大聲，一遇到事情啊，逃得比誰都快。」

「嗯，」任凡點了點頭說：「妳現在會感到恐懼，是因為妳不了解這片森林，如果妳像了解那個討人厭的男人一樣，了解現在的情況，妳就不會那麼恐懼了。」

「啊？」

伊芙皺著眉頭，瞪大雙眼看著任凡。

「這片森林，」任凡說：「其實就只是一些冤魂作祟，才會讓你們被困在裡面。像你們這樣不管怎麼走都走不出森林的現象，在東方被稱為鬼打牆。」

雖然任凡輕描淡寫地說著，伊芙卻是越聽臉色越臭。

「除此之外，我推測這片森林的鬼魂，還可以製造出幻覺。不過妳也不用太擔心，照目前看來，這片森林的鬼魂還沒有能力一次殺害那麼多人，只要小心它們會利用樹藤來襲擊妳這一點就好了。」

由於任凡說得十分稀鬆平常，就好像是在介紹一個旅遊景點般鎮定，伊芙雖然越聽越覺得荒唐，但不知道為什麼，似乎也真的沒有那麼恐懼了。

「最重要的，就是不要驚慌。」任凡停頓了一會之後，聳了聳肩接著說：「話是這麼說啦，不過實際上了解了，有時候還是會怕啦，這也是沒有辦法的。」

在任凡的安撫下，伊芙也感覺自己的雙腳已經沒有抖得那麼厲害了。

「感覺好一點了嗎？」

「嗯。」

伊芙淡淡地笑著點了點頭，可是一想起先前看到的那隻斷臂，又讓伊芙好不容易浮現的一點笑臉沉了下去。

「雖然我也想趕快找到我的朋友們……」伊芙哭喪著臉說：「但現在的我連他們是不是還活著都不知道。」

任凡仰起頭，彷彿感覺到了什麼，轉向伊芙笑著說：「放心，妳很快就會知道了。」

「怎麼說？」

任凡將食指放在嘴唇中間，示意伊芙安靜。

就在這個時候，遠處突然傳來許多男男女女的尖叫聲。

雖然不確定這些聲音的主人到底是誰，但伊芙猜測那些聲音應該就是自己的同伴。

換句話說，自己的同伴們除了菲爾外還有人活著。

想不到就跟眼前的東方男子所說的一樣，伊芙很快就知道自己的同伴還有人活著，讓伊芙一臉不可思議地看著任凡。

「我有預感，這會是很熱鬧的一夜。」任凡淡淡地說。

「什麼意思？」

「沒事，」任凡搔搔頭說：「我只是感覺……好久沒有那麼刺激了。」

任凡說完，嘴角浮現一抹詭異的笑意。

第5章・死亡森林

1

雖然才剛剛告訴伊芙，不需要感覺到恐懼。

但任凡的心中，卻燃起一種被遺忘很久的感覺。

像這樣的感覺，任凡已經不知道有多久沒體驗過了。

那股許久不見的恐懼感，正逐漸侵蝕著任凡的理智。

畢竟就現在的情況來說，光是被困在這座森林裡就已經很糟糕了，更何況自己的同伴都不見了，再加上後面還跟著一個沒見過的活人。

雖然，情況的確就像剛剛任凡所說的那樣，這片森林短時間內，沒辦法同時殺害那麼多人。

可是，任凡一點也不敢小看這樣的森林。

畢竟剛剛任凡告訴伊芙的，只是如何在這座森林存活下來。

如果沒辦法從森林中逃出去，那麼死亡只是時間早晚的問題。

不過更難纏的問題，還是在於要想如何對付森林的這些鬼魂們，就算任凡沒有失明，也會覺得頭痛。

畢竟這些鬼魂早已融入森林，跟森林成為一體不知道多少年了。

就好像世界知名電影《泰山》一樣，光是一個嗷嗷待哺的小孩被丟棄在森林中，過了幾年都會變成泰山，更遑論這些跟森林共處了不知道幾個世紀的鬼魂。

除此之外，這樣的鬼森林，一直都是任凡的死穴……

當年，如果不是千爺的話，或許任凡的這一條小命，早就在類似這樣的森林中殞落了。

那是發生在任凡還不滿十歲的一個夏天，當時的任凡跟著撚婆，一起住在道觀中。

當年，任凡跟著撚婆等人，一起前往一棟鬧鬼的凶宅。

由於繼承這棟宅邸的主人，與三爺四婆那傳奇的師父是世交，所以他們師父才會派遣弟子前來，要幫這棟宅邸驅除凶靈。

因為在撚婆等人前來時，道觀裡沒有任何留守的弟子，所以撚婆才會將任凡帶在身邊，一起前來這棟當時鬧鬼鬧得很凶的宅邸。

安全起見，撚婆將任凡留在屋外，無聊的任凡為了練習一下自己剛學會的彈弓技巧，因而走進宅邸旁的森林。

他相信在那片森林裡面，可以找到很多很好的練習目標。

只是眾人當時不知道的是，真正有問題的，不是這間房子，更不是這間房子裡住過的人們，而是緊鄰在這棟房子旁邊的那片樹林。

單獨一個人走進森林的任凡，當然更不可能知道，眼前的這片森林，即將讓他初嚐死亡的滋味與極度的恐懼。

即便到了今天，任凡已是名震天下的黃泉委託人，當年的那段森林往事，仍然殘留在任凡的腦海中。

任凡永遠記得當時在森林中遇到的那位老人家，如果不是那位老人家，任凡早就已經死了，就算後來千爺用陀螺順利找到任凡，恐怕也只是一具屍體而已。

也是在那個時候，任凡學到了珍貴的一課，人世間有些事情，遠比死亡恐怖。

像是被這樣的鬼森林所殺，導致靈魂被束縛，成為了森林的一部分，永不超生。

另外還有更駭人的，就是像當年的那位老先生一樣，在那樣的鬼森林中，沒日沒夜一直遊走在森林的死亡陷阱，過著亡命生涯。

「嘿嘿，」當時救了任凡一命的老先生笑著對任凡說：「想想我當初被困在這個森林中，也差不多是像你現在這個年紀啊。」

即便在多年之後，當時老先生所說的話，帶給任凡的震撼卻絲毫未減。

試想，在這樣的鬼森林裡，一次又一次，躲避著鬼魂的追殺，一天過一天，一年過一年，持續數十年不間斷，那種生活真不是一般人所能體會的。

任凡不發一語地走在前面，帶著伊芙朝心中感受到的那股強大靈力的方向走去。

任凡非常清楚，所有人不管是活著還是死的，都會被拖到那裡去。

而且不論是與任凡同行的，還是與伊芙同行的，只要越接近那股強大靈力所在的地方，就越容易找到其他人。

找到其他人之後，要逃出去就比較簡單了，至少可以不用跟這片鬼森林正面交鋒。

畢竟有二十多年前的經驗，想要逃出這片森林，並不是太困難的事，只是現在的問題就在於不能丟下其他人不管。

過去被困在森林的景象，不斷浮現在任凡的腦海中。

就彷彿當時的恐懼感還深深烙印在任凡心中，即便已經過了二十多年，任凡的心底仍跟當年未滿十歲時一樣——被困在這種鬼森林什麼的，我絕對不要！

二十多年前，那片森林弄不死我。

現在這片森林，也休想這樣弄死我。

恐懼成為了任凡怒火的燃料，他拒絕再度成為這種森林的玩物。

也是因為這樣的決心，讓任凡加快了自己的腳步。

而就在任凡下定決心的同時，任凡張大著那雙看不見的雙眼，再度在一片昏暗中，閃動出細微的藍色光芒。

2

被困在這片森林中，雙眼失明的任凡反倒比其他人還更有方向感。

畢竟這種森林最擅長的就是利用相似的景象，讓人困於其中。

但此刻雙眼失明的任凡，反而不會受到迷惑。

任凡不但可以維持著一定的方向感，加上自身對靈界的感應力，在森林中就好像走在熟悉已久的道路上般，輕而易舉。

然而，當兩人越接近中心，任凡卻越覺得不安。

越接近中心，任凡就越清楚地感受到這片森林的恐怖。

從靈力的強弱來看，這片森林的鬼魂數量，可能遠遠超過任凡的想像。

雖然這不算什麼太意外的事，畢竟像這種森林，除了本身就很容易成為惡靈的聚集場所外，惡靈作祟後，那些被惡靈所殺害的亡魂，也會成為滯留在這裡的新惡靈，想當然耳，久而久之這裡就變成惡鬼們的根據地。

雖然心中感覺到恐懼，但一想到艾蜜莉等人，任凡的腳步仍然不敢有絲毫停留，而身後的伊芙也害怕被任凡丟下，緊緊跟著任凡。

突然，好像聽到了什麼，任凡猛地停住了腳步。

一直緊跟著任凡的伊芙，沒想到任凡會突然停下來，整個從後面撞了上去。

任凡被伊芙這麼一撞，向前踉蹌了幾步，勉強保持住平衡。

「對不起，你突然……」

伊芙想解釋，但任凡轉過頭，示意她不要說話，伊芙也趕緊閉上嘴巴。

就在兩人安靜下來的同時，他們右側的樹林突然有了一點晃動。

任凡摸了一下四周，發現在兩人右邊有一處草叢，還算是挺茂盛的，應該可以躲藏起來。

因為雙眼看不見，任凡找了一下，好不容易才找到伊芙的手，將她拉入草叢中。

由於完全不知道對方是什麼，所以伊芙被任凡拉入後也立刻了解任凡的用意，關上手電筒，將自己的身體好好地躲在草叢中。

兩人才在草叢中躲好，右邊樹林的草叢便傳來一陣摩擦聲，過沒多久，果然見到一個人影從草叢中走了出來。

伊芙屏住氣息，透過隙縫想要看清楚來人的臉。

透過微弱的月光，伊芙時而擠眉瞇眼，時而撐大眼睛用力瞪，費了好大一番功夫，才終於看清楚對方的臉。

那是張熟悉的臉孔，來的人不是別人，正是與伊芙同行的其他五人中，所有男子都喜歡的對象——黎安娜。

一看到來的人是自己的同伴，伊芙張開了嘴，正準備從草叢中衝出去，來場劫後餘生的感人認親戲碼，與同伴一起抱頭痛哭。

想不到呼喚黎安娜的聲音還沒脫口，人還沒向前踏出草叢，竟然先被身旁的任凡一把抱住，就連嘴都被任凡摀住了。

想不到任凡會突然有這樣的舉動，伊芙轉過頭去看著任凡。

只見任凡的眉頭緊皺，一對看不見東西的藍色雙眼，正盯著黎安娜的方向看。

任凡用力抿著嘴，緩緩地搖了搖頭。

雖然任凡在伊芙剛開始動作之際，就反應很快地阻止了她，但畢竟兩人身處在草叢中，即便再細微的動作，都可能讓衣服與草叢摩擦而發出聲音。

所以剛剛伊芙一動作，草叢立刻發出摩擦聲，雖然沒有很響亮，但也足以讓原本要繼續向前走的黎安娜停下腳步。

只見黎安娜緩緩地轉過頭來，看著兩人的位置，剛剛發出聲音的草叢。

原本還不知道任凡為什麼抱住自己的伊芙，心想任凡可能不知道這個人是自己的同伴，正想解釋，卻因為看到了任凡的臉色，不自覺地轉過去一起看向黎安娜。

黎安娜不僅有一張美麗的臉孔，還有著曼妙的身材，這也正是為什麼其他同行的三個男子，會百般討好她的原因。

黎安娜側著頭，似乎看著兩人這邊，但是不知道為什麼，雙眼的視線卻有點空洞。

看著這樣的黎安娜，瞬間讓伊芙有了一種難以言喻的感受。

她感覺，在自己眼前的黎安娜，有種說不出的陌生感。

雖然伊芙不清楚到底發生了什麼事，也不知道為什麼此刻會被任凡抱住，但這一路下來，伊芙卻對任凡產生了莫名的信任感，她知道任凡這樣阻止自己，應該是有什麼原因吧。

所以伊芙沒有掙扎，只是睜大雙眼透過草叢看著同樣望著這裡的黎安娜。

這時，黎安娜的嘴角突然向上揚起，看上去就好像在對著兩人微笑，但下一刻發生的事情，卻讓伊芙瞪大了雙眼，渾身顫抖不已。

黎安娜緩緩地張開嘴巴，過了一會，嘴巴突然吐出了一條東西，就好像一條蛇在吐信般。

伊芙定睛一看，那個從黎安娜嘴巴吐出來的東西，竟然是樹藤。

只見一條粗厚的樹藤從黎安娜的嘴巴裡面吐了出來，在黎安娜的面前揮了幾下後，樹藤宛如蛇般，朝兩人所在的草叢而來。

樹藤一會左、一會右，彷彿在找尋什麼似的，一邊搜索一邊朝兩人而來。

看到這個景象，伊芙當然知道，眼前這個黎安娜，恐怕已經不是自己所認識的那個人了。

任凡鬆開伊芙，身子向前微傾，示意伊芙向後退一點。

伊芙不敢發出聲音，深怕自己動作太大，很可能會讓情況變得更糟糕。

任凡將自己用來探路用的樹枝向前伸，擋在自己前面，另外一隻手則伸入隨身揹著的袋子中，緊緊扣住一顆被捏成彈丸的符籙。

黎安娜嘴中吐出的樹藤，轉眼間已經來到跟前，將左右的草叢撥開後，很快就掃到了任凡伸出去的樹枝。

樹藤彷彿有生命的生物般，左右試探了一下樹枝，接著迅速地纏住了樹枝，並且向後一拖。

任凡這邊一感覺到對方纏住了樹枝，立刻放手，讓樹藤將樹枝拖出草叢。

樹藤將樹枝快速拖到了黎安娜的面前，黎安娜低頭看了一眼，似乎在想著什麼，停了好一陣子後，才轉過身去，走入反方向的樹叢中。

聽到黎安娜離去，任凡鬆了一口氣，將扣住彈丸的手抽出來。

任凡非常清楚這些鬼魂的詭計多端，向伊芙示意不要出聲，以防黎安娜的離去只是個幌子。

兩人等了好一段時間後，任凡才走出草叢。

「好了，沒事了。」任凡轉向伊芙說：「可以出來了。」

雖然聽到任凡這麼說，但伊芙還是過了好一會才敢緩緩走出藏身的草叢。

光是看到黎安娜猶如吐信的那一幕，就足以讓伊芙暈過去了。

「剛剛『那個』……是妳的同伴吧？」

任凡這邊所說的「那個」指的正是剛剛才離開的黎安娜。

伊芙哭喪著臉，點了點頭說：「是的，她叫做黎安娜。她……她為什麼會變成那樣？」

「因為她已經死了。」任凡淡淡地說。

任凡說完之後，將頭轉向了黎安娜剛剛來的那個地方。

此刻的任凡，正在考慮一件事情。

一旁的伊芙卻是哭喪著臉，眼淚在眼眶中不停地打轉。

雖然那些男人只重視黎安娜，的確讓她心中感到不是滋味，但黎安娜本身並沒有錯，基本上也算是個好相處的同伴，為什麼會變成這樣？

「為什麼？」伊芙再也忍不住，哭了出來。「為什麼會發生這樣的事？為什麼這麼恐怖的事情會發生在我們身上？」

任凡沒有回答伊芙，因為類似這樣的疑問，任凡已經不知道問過多少次了。

為什麼自己的命會剋死其他人？

為什麼自己不能有個單純的人生？

為什麼自己連與母親見上一面都如此困難？

不過任凡也非常清楚，這種問題一點意義都沒有。

畢竟，如果任何發生在自己身上的不幸，都要去探求其發生的原因，那麼每個人的人生都可以有問不完的「為什麼」。

所以，任凡在還沒有成年之前，就已經非常清楚，不再用這樣的疑問折磨自己。

逆來順受，就算宿命不能反抗，也要活出自我。

這一直都是任凡面對命運不變的態度。

「妳……」任凡沉吟了一會，對著伊芙說：「在這裡等我一下。」

聽到任凡這麼說，伊芙立刻止住哭泣，一臉驚恐地瞪大雙眼看著任凡搖著頭。

「不要！」伊芙說：「不要把我一個人丟在這裡。」

激動的伊芙音量有點大，任凡用手示意要她放低音量。

「聽我說，」任凡說：「我現在不是要丟下妳，而是剛剛我發現了一件事情，我需要去確認一下，我馬上就回來。」

伊芙一臉不安，用力抓住了任凡的衣服，猛烈地搖著頭說：「拜託，不要讓我一個人留在這裡。」

任凡覺得非常為難。

因為任凡沒有說的是，剛剛黎安娜用樹藤纏住他手上樹枝的同時，他聞到了一股味道。

任凡非常清楚那是什麼味道，也知道那股味道所代表的意義。

這也正是任凡需要去確認的原因。

因為剛剛任凡聞到的是非常濃厚的血腥味，代表著黎安娜很可能剛剛才殺過人。

任凡必須要知道，那個死者是誰。

可以的話，任凡實在不希望伊芙同行，畢竟此刻伊芙的精神狀況不是很穩定，如果再受到打擊的話，他很擔心伊芙會做出傻事。

不過看來伊芙是絕對不可能讓任凡自己一個人去查看，這也讓任凡感到為難，如果可以的話，他實在不希望在這種時刻再度刺激伊芙。

「好吧，」任凡考慮了一會之後，皺著眉頭說：「不過妳要答應我一件事情，不管看到什麼，都絕對不能失去冷靜，尤其不能大叫，那很可能會把剛剛那個吐樹藤的女人引回來。」

伊芙用力地點了點頭。

「聽懂了嗎？」看不見伊芙點頭，沒聽到回應的任凡再次做確認。

「是，沒問題！」伊芙急忙應諾。

雖然任凡非常清楚，這樣的承諾恐怕效果有限，一旦真的看到什麼，伊芙恐怕也無法那麼簡單控制自己的情緒，但任凡還是需要確認一下。

任凡重新找了根樹枝，直接走入先前黎安娜走來的右邊草叢，朝深處走去，果然走沒幾分鐘，當任凡撥開草叢時，身邊傳來了伊芙倒抽一口氣的聲音。

伊芙一直跟著任凡的腳步，跟著任凡一起走入草叢，想不到走沒幾分鐘，當任凡將草叢撥開時，伊芙看到了跟被拖入森林前看到的景象一樣。

一雙男人的腳就這樣出現在眼前。

伊芙緩緩地抬起頭，果然見到一個男人，就好像鐘擺一樣，被樹藤吊在樹梢上。

那男人失去了一隻手，光是從衣著跟這樣的特徵，伊芙不需要再往上看到臉，就認出這個男人的身分。

「妳看到了什麼嗎？」任凡問伊芙。

「嗯，」伊芙的聲音微微顫抖地說：「跟我同行的……一個叫做傑西的男子，他被吊在樹上，好像已經……」

聽到伊芙這麼說，任凡稍微鬆了一口氣。

首先，他不用想著要如何跟約翰神父交代，為什麼他的弟子會橫死在森林中，另外一點值得慶幸的是，伊芙並沒有像他想像中的一樣大暴走。

伊芙抿著嘴，看著傑西左右擺盪的屍體，雖然說自己對傑西沒有多大的好感，但畢竟還是自己同行出遊的夥伴。

「……我們也會像這樣嗎？」伊芙沉默良久之後，難過地問任凡。

「不一定，」任凡冷冷地回答：「那就要看我們能不能保持冷靜了。」

伊芙緩緩地搖了搖頭，她說什麼也不想要像傑西一樣，死在這種森林裡。

「走吧，」任凡轉過身去說：「我們還是必須快點找到其他人才行。」

伊芙點點頭，跟著任凡一起走入草叢中。

樹梢上掛著的傑西屍體，仍舊緩緩地搖晃著，彷彿在預告著一場即將到來的腥風血雨。

3

雷娜緩緩地張開了雙眼。

在被樹藤套住雙腳後，雷娜就被拖入森林中。

樹藤的速度奇快，雷娜沒有半點心理準備，當然連一點反抗的機會也沒有，就這麼任憑樹藤拖著自己。

最後雷娜撞上一根樹幹，不省人事。

然而，當雷娜緩緩張開雙眼，真正恐怖的畫面才在她的眼前上演。

當雷娜視線恢復的同時，幾張陌生又恐怖的臉孔，頓時映入眼簾。

這些臉孔幾乎都跟身邊泛黃乾枯的樹林一樣，每個人的臉都猶如樹幹上的皮那般乾裂又粗糙。

這些臉孔本來都是低著頭圍著雷娜，一看到雷娜張開眼睛，都驚訝地瞪大了雙眼，然後瞬間向上飛跳了起來。

雷娜的驚訝完全不亞於這些看到她清醒過來的鬼魂。

只見那些鬼魂有的纏繞著樹幹向上爬，消失在枝葉中，有些更是直接鑽入樹幹內。

其中一個鬼魂，站上樹梢後還回頭看了雷娜一眼，一臉不甘地對著雷娜說：「妳是我的。」

說完之後，才跟其他鬼魂一起，消失在樹梢末端。

自從自己的親人被鬼魂害死之後，雖然雷娜也曾經好幾次在很多地方看到鬼魂，不過那些多半是任凡口中的白靈，不但對人世間沒有任何惡意，更不會像現在這樣與雷娜有任何接觸。

而稍早前所看到的那些和任凡在一起的鬼魂，雷娜的驚訝多於恐懼，與其說在意那些鬼魂，不如說更在意任凡那種與鬼魂打交道就像家常便飯一樣的態度。

然而，此刻眼前的這些鬼魂卻給了雷娜全然不同的感受，她可以清楚感覺到這些鬼魂的「惡意」，就跟那個曾經害自己家破人亡的鬼魂一樣。

這種熟悉卻從來都不懷念的感覺，浮上雷娜的心頭，那些塵封已久的疑問也跟著席捲而來。

為什麼？

為什麼有那麼多聚集在人世間不願意離開的鬼魂？

對於一個家族被這樣的鬼魂所殺害的人來說，這是他們永遠解答不了的疑惑。

然而，就在這些塵封已久的疑惑被開封的同時，當時的那種恐懼感也跟著被釋放出來。

即便現在的雷娜，與當年那無能為力的小女孩已經全然不同，可是恐懼卻仍然殘留在她的心中。

不管雷娜如何否認，恐懼這種東西不是光憑否認就會消失的。

雷娜的手腳不停地顫抖，腦海裡一片空白。

可惡！

雷娜討厭這樣的自己。

當時的自己不就是為了克服這種恐懼，並且為家人報仇，才會選擇踏上這條路的嗎？

而自己不也是因為學習到了一定的程度，才會迫不及待地要求約翰神父帶自己一起去進行驅魔儀式的嗎？

難道說自己過去努力的這一切，到頭來都只是一場空嗎？

這是雷娜最不想接受的事實，更是她最不願意面對的真相。

雖然自認絕對沒有問題，也做了萬全的準備，但實際上雷娜從來就沒有真正面對過惡靈，她根本連一次驅魔儀式都沒有進行過。

恐懼感彷彿病毒般侵蝕著雷娜的心理與生理，這不但讓她難以行動，而且還會讓她陷入危險，這點雷娜比任何人都清楚。

——保持冷靜，是進行驅魔儀式中最重要的心理建設。

這是約翰神父不知道講過多少次的話。

畢竟這點是驅魔儀式中的大忌，在過去就有許多神父因為這樣的心理建設不夠健全，導致在驅魔儀式時出了大錯。

這樣的大錯只會導致兩種結果，一是丟了自己或他人的性命，二是被惡靈上身，丟了自己與同伴的性命。

所以任何心理建設還不完全的神職人員，是不可能實務參與驅魔儀式的。

然而，心理建設這種東西，不是說有就有，更不是外人可以輕易看得出來的。

以至於在驅魔師之間，最關鍵的往往就是自己第一次參與的驅魔儀式。

有些人天生就比較能夠克服心理障礙，有些人不管多少的心理建設，在面對危機時，總是不夠健全。

雷娜在今天以前，一直深信自己已經「準備好了」。

然而到了此時此刻，雷娜才知道自己高估了自己。

不過她不願意就這樣放棄，雷娜看著自己的手，停止了顫抖，專注地將手伸到自己後面的口袋。

那裡放有一個約翰親手送給她的東西，是她身為驅魔師最重要的「利器」。

將那個東西握在手上，雷娜有種說不出的安心感。

她的雙腳慢慢地不再發抖，腦袋也不再是一片空白。

過去的訓練浮現在她眼前，當時的自己沒有放棄，現在的自己更不可能放棄！

當其他學徒們還半信半疑，世間是不是真的有鬼魂這種東西時，雷娜早就已經全心全力投入到學習中，所以雷娜一直都學得比其他人還要快。

一切的努力不就是為了類似今天這樣的情況嗎？

在大腦恢復運作之後，雷娜非常清楚現在是她表現的時候了，她可以用手上這個約翰神父送給她的禮物，證明自己不是弱者。

這是雷娜向鬼魂的宣戰。

她拒絕再當鬼魂的受害者。

她緩緩地將手上的東西拿到了眼前，那是一把彈弓，約翰神父特別送給她的神兵利器。

雷娜永遠不會忘記約翰神父將這個東西交給自己時所說的話。

「教廷方面是不會承認這種東西可以拿來對付鬼魂的。」約翰神父對雷娜說：「不過，在實務上它真的很有用，妳可以用它來攻擊任何想要傷害妳的對象。」

雖然雷娜從來沒有懷疑過約翰神父所說的話，但親手接過這個東西時，雷娜半點也不知道這東西到底要如何對鬼魂起作用。

「如果對方是鬼魂的話，妳可以配合十字架這種聖物，一舉擊潰對方。」彷彿看出了雷娜的疑惑，約翰神父解釋著說：「我曾經在一場驅魔儀式中，親眼看到它射出十字架的威力。」

原來如此！

聽到約翰神父的說明之後，雷娜恍然大悟。

她作夢也沒想到，這個看起來像玩具的東西還可以這樣利用。

這也讓雷娜相當佩服約翰神父那天才驅魔師的頭腦與創意。

她深信全世界只有約翰神父可以想出這樣的辦法，巧妙地結合這樣的創意，運用在驅魔儀式上。

而現在，雷娜更相信只要有這個彈弓，不管多大的困境，她都可以一一克服。

當雷娜從地上站起來的時候，她領悟到了一點。

或許，會闖入這樣的森林正是上帝的安排，在正式開始驅魔之前，她需要一個機會熟練自己的技巧，以免在那個輕浮的男人面前，丟了自己啟蒙老師約翰神父的臉。

一陣尖叫聲傳入了雷娜的耳中，那是個男人的聲音。

雷娜看了看自己手上的彈弓，用力地點了個頭。

她知道，現在是她證明自己的時候了。

雷娜不再猶豫，朝著聲音的方向前去。

只是，雷娜不知道的是，就算是被稱為梵蒂岡驅魔先驅的約翰神父，也從來不曾處理過雷娜即將面對的場面。

4

雷娜循著聲音的方向走。

雖然說那聲音沒有很清楚，光是一聲尖叫很難分辨出聲音的主人是誰，但除了自己與那個叫做謝任凡的男人之外，應該沒有其他人會在這種時刻還待在這座森林裡。

所以雷娜認定那個叫聲應該就是任凡求援的聲音。

雖然一邊在心中咒罵著這個傢伙終於嚐到苦果了吧？

但歸根究柢，他是約翰神父重要的朋友，她可不希望見到任凡有任何危險，不然就算她真的證明了自己，也不知道該怎麼跟約翰神父交代。

一連跑了幾分鐘後，雷娜停下腳步。

她左右看了一下，怎麼看這片該死的森林都是同樣的景色。

雖然雷娜對剛剛聲音傳來的方向挺有把握的，但一連跑了幾分鐘，卻都沒有看到任何人影。

雷娜仰起頭，想要看看能不能透過樹枝隙縫看到月亮或星星，也許可以提供自己一點方向。

誰知道一仰頭，就看到那張邪惡的臉孔。

雷娜一眼就認出是剛剛那個對自己說「妳是我的」的那個鬼魂。

想不到他竟然一路跟著自己。

雷娜見狀，立刻從口袋中掏出了一個十字架。

雖然答應過任凡不會隨便傷害鬼魂，但這鬼魂充滿了恨意與敵意，應該不算是違背承諾。

那鬼魂見到雷娜看著自己，冷哼了一聲之後，身形向後一躍，消失在樹梢。

不過雷娜非常清楚那鬼魂並沒有離開，雖然沒看見，但天生就有陰陽眼的雷娜，對靈界的感應力還算敏銳。

眼看對方將自己藏起來，卻仍不願意離開，讓雷娜警覺地看著四周。

他準備要攻擊自己了嗎？

雷娜雙眼不停地注視著四周，頭不斷地左右擺動，深怕對方抓住自己的死角突然進攻。

就在這時，一個身影從左邊的草叢中竄了出來，雷娜見狀二話不說，將搭在彈弓上的十字架，對準了身影倏地射了出去。

十字架在空中劃過，留下一條顫動的殘影。

那身影根本沒有發現這向他襲來的十字架，完全不做任何反應。

在將十字架瞄準射出去之後，雷娜才看清楚人影的身分，那身影並不是那個一心想要害自己的鬼魂，而是跟任凡同行的男鬼——戴爾。

「啊！小心！」雷娜驚呼。

但戴爾哪來得及反應，就這樣眼睜睜看著十字架從自己的眼前劃過，直直嵌入旁邊的樹幹之中。

聽到雷娜的聲音，驚覺有東西飛過的戴爾這才轉過頭去，定睛一看，想不到雷娜用彈弓射出的竟然是一個十字架。

「哇！」

戴爾嚇到向後一倒，一臉難以置信地看著雷娜。

「妳這東西不是開玩笑的耶，射中我，我可是會死的耶！」戴爾指著雷娜說：「妳、妳忘記妳答應過任凡的事情了嗎？」

「沒有，」雷娜暗自慶幸著沒有射中戴爾，但表情卻是十分鎮定地說：「誰叫你無聲無息地就這樣衝出來。」

聽到雷娜這樣說，戴爾皺著眉頭說：「誰會邊走邊叫『哈囉我來嘍，大家注意喔』。」

雷娜聽了聳聳肩。

戴爾轉過去看著十字架跟自己之間的差距，只有短短不到一公分。

「呼，」戴爾摸了摸自己的脖子說：「還好妳射不準，要是妳射得準，我看我現在已經掛了。」

聽到戴爾這麼說，雷娜板著臉說：「誰說我射不準的，我是認出是你來，才故意射歪的，不然你現在讓我射一發看看，看我射得準不準。」

「喔，那倒不必了，」戴爾揮了揮手說：「這種東西還是別開玩笑。」

看到戴爾示弱，雷娜才緩和下來，轉念又想到那個不懷好意的鬼魂，抬起頭來想要找尋那個鬼魂的下落。

「怎麼了嗎？」看到雷娜的模樣，戴爾皺著眉頭問。

「有一個鬼魂，」雷娜說：「一直跟著我。」

其實不用雷娜說，戴爾當然早就有感覺到這座森林不平靜的地方。

「你呢？」雷娜轉向戴爾說：「你有找到任凡或其他人嗎？」

「還沒，我是來找妳的，因為妳離我最近。」戴爾看著四周說：「還有，我感覺到除了妳跟任凡外，似乎還有其他人也闖入了這片森林。」

「你說的其他人是……」

「不知道，」戴爾說：「不過我說的其他人，指的是跟妳還有任凡一樣的活人，而不是在森林之中徘徊的那些鬼魂。」

聽到戴爾這麼說，雷娜想到了先前她聽到的尖叫聲，如果照戴爾的說法，那麼那個尖叫的人，很有可能並不是任凡。

「那現在怎麼辦？」雷娜問戴爾。

眼看那個盯上她的鬼魂似乎不打算在這個時刻下手，雷娜也不想繼續在這裡守株待兔了。

「我是打算找到妳之後，再去跟其他人會合。」

「你知道其他人在哪裡嗎？」

「現在不知道，」戴爾笑著說：「不過我相信我可以很快就找到其他人。」

「喔？」雷娜搖搖頭說：「我實在不知道你為什麼會有這樣的把握，畢竟再怎麼看，這森林到處都長得一樣，很難搞清楚現在自己身在何處。」

「哼，」戴爾扛起自己隨身的斧頭說：「這東西可不是裝飾品啊，再怎麼說我也是一名樵夫，森林對我來說，是另外一個家。」

第6章·任凡的死穴

1

二十多年前，花蓮山區——

前望海後倚山，左右兩側還有森林環抱，這是棟從日據時代就存在的豪華宅邸。由於風景優美，風水極佳，所以儘管地處偏遠，這些年來易主過幾次，但可從來都沒有閒置過。

然而，自從十多年前的一場慘案後，這棟豪宅就蒙上了一層陰影。

從那之後，鬧鬼的傳聞一直不曾間斷過。

而就在去年，這棟豪宅有了新的主人。

這個新的主人在買下這棟豪宅前，就已經聽過關於這棟豪宅的種種傳聞，之所以仍然敢購買這棟豪宅，是因為這個新主人，與當時江湖上威名顯赫的天威道長是莫逆之交。

當時的天威道長雖然年事已高，但八名弟子中，可是有七個被人尊稱為「三爺四婆」的高階法師。

今夜，宅邸的風景依舊，微風徐徐，海空一色。

在宅邸東側的庭院裡，一個半透明的婦人佇立於其中。

光是這個三不五時會在庭院閒晃的半透明婦人，就已經足夠嚇走任何想要居住在這裡的人了。

更恐怖的是，這個半透明的婦人，可能是這棟宅邸之中，最容易解決的鬼魂。

然而這一切在今夜即將改變。

豪宅二樓的窗口，一道紅色的流星從窗戶中飛了出來，劃破了夜空之後，準確地穿透半透明婦人的眉間。

半透明婦人應聲軟倒，倒在庭院中央。

二樓窗口，一個中年女子站在窗口，俯瞰著女鬼。

這名中年女子被江湖道人起了個她非常厭惡的名號，他們稱她為「珠婆」。

珠婆本身非常討厭這個稱號，畢竟就諧音來說，實在過於不雅。

但大夥會這樣稱呼她，都是因為她抓鬼驅魔的法器正是法珠的關係。

其實不只有珠婆，所有天威道長的弟子，都以奇特的法器聞名。

不過很少人知道，之所以會這樣，完全是因為他們師父天威道長的性格使然。

當年天威道長曾跟自己的師妹誇下了海口，號稱自己可以將任何物品都變成法器，結果為了證明，才會演變成今天這樣的結果。

不過，這七名弟子後來在法師界的地位，也證明了當年的天威道長確實有這樣的實力。

在這被尊稱為「三爺四婆」的七位法師中，又以撚婆的香灰最為特別。

雖然所用的法器多半超乎常理，但七位法師的法力卻不容置疑。

因此，被派來此地的珠婆，很快就掃蕩了宅邸裡的鬼魂，只是她作夢也沒想到，這間宅邸裡，竟然會有那麼多鬼魂。

珠婆帶來的法珠，在解決了庭院這個半透明女鬼之後，就只剩下一顆了。

每次出門珠婆都會帶上一袋少說三、四十顆的法珠，至今還沒有一次用到見底的，畢竟以珠婆的功力，一顆法珠可不是只能打一隻鬼魂而已，算準了角度，一彈穿殺個四、五隻鬼魂都不是問題，然而這回竟然會用到只剩一顆，讓珠婆不禁冒了身冷汗。

不過總算是清除乾淨了，接下來只要再進行一場法會，安個鎮魂石，應該就可以安心入住了。

就在珠婆這麼想的同時，庭院那個半透明的女鬼，竟然又緩緩地站了起來。

「嗯？」

珠婆感到訝異，從靈力來說，這鬼魂不應該還站得起來才對啊。

「所以我說，」一個男人的聲音從後面傳來，「妳的法珠不行嘛。」

珠婆回過頭一看，說話的正是與她一同前來的千爺。

珠婆白了千爺一眼。

自從法器大戰輸給了珠婆之後，千爺就像個孩子一樣，老是想從珠婆這邊扳回一城。

「還是讓開點，」千爺揮了揮手說：「讓我來吧。」

珠婆不想多作口舌之爭，反正自己也只剩一顆法珠了，索性讓出窗口，比了比手勢，交給了千爺。

千爺從懷中掏出一顆陀螺，看似漫不經心地隨手一擲，陀螺在空中劃出一道美麗的拋物線，準確地打在女鬼的頭上。

這是千爺最擅長的定身咒，只要被定身陀螺打在頭上，迄今還沒有任何鬼魂可以逃開。

想不到，定是定住了，但那個被定住的女鬼，過了一會之後竟然跟著陀螺開始旋轉。

「啊？」從沒見過這種狀況的千爺，一臉狐疑地說：「這是怎麼回事？」

只見那女鬼越轉越快，到最後完全看不清楚她的身形，整個呈現圓錐狀，看起來就好像一顆白色的大陀螺上面附著了一顆小陀螺。

千爺皺著眉搔著頭，完全不知道這是哪門子妖術，從沒見過這種鬼魂會跟著自己的陀螺一起轉動的情況。

這時，就像是離心力原理一般，快速旋轉成白色大陀螺的女鬼，竟然甩出了一個又一個的白影。

兩人定睛一看，那些被甩出來的白影，每個都跟那個半透明的女鬼長得一模一樣，轉眼間整個庭院滿滿都是那個女鬼的身影。

「是，你行，你真行！」珠婆一臉調侃地說：「一隻鬼被你打成了一打鬼。」

「去，」千爺啐道：「這些是虛體，正體一定只有一個。」

當然這點就算千爺不說，珠婆也知道，只是想抓住時機酸一下千爺而已。

「妳還有多少法珠？」千爺問珠婆。

「剩下最後一個。」

「我也只剩下一個。」千爺點了點頭說：「好，那就看看誰能找到那個正體！」

隨便就訂下比賽規則的千爺說完後，專注地看著庭院中那些鬼魂。

兩人看著庭院，仔細打量著這些看起來都一模一樣的女鬼。

這種分身之法，對於有法眼的法師來說，完全是雕蟲小技，兩人不一會工夫就鎖定了心目中看起來比較像是正體的鬼魂。

「中！」

「喝！」

兩人同時出手，一個用彈弓射出法珠，一個擲出陀螺，想不到的是，兩人竟然同時挑中了同一隻鬼魂。

只見那可憐的女鬼，先是被一彈貫穿眉心，正要倒下，又被千爺的陀螺給定住，渾身無力地抖個不停。

「這要怎麼分勝負啊？」

想不到兩人挑中的是同一隻，也幾乎同時打中女鬼，還在苦惱著這要怎麼分勝負的千爺，完全沒有預想到接下來會發生的事。

只見庭院中那可憐的女鬼抖個不停，可是其他長相一模一樣的鬼魂，也不約而同地全朝著兩人所在的窗口看了過來。

珠婆用手肘撞了一下千爺，千爺這才注意到。

「慘！」頓時領悟過來的千爺苦叫道：「我們兩個都猜錯了！」

就在千爺這麼叫道的同時，幾乎所有鬼魂都朝著兩人而來。

「先撤吧！」珠婆拉了拉千爺說：「情況不太妙！」

兩人不敢多作逗留，轉身開始逃亡。

身上沒了法器，身後又有一群鬼魂狂追，雖然，以兩人的法力還是可以讓自己成功脫險，但情況至此也實在是太狼狽了。

兩人逃到了大門口，宛如複製人般的鬼魂仍緊追在後，這時一道身影突然出現在門口。

兩人定睛一看，竟然是同門的撚婆。

「師姐，」珠婆對著撚婆叫道：「幫幫忙！」

撚婆微微皺眉，見到數以十計的鬼魂朝這邊殺過來，不用珠婆、千爺多作解釋，撚婆也大概猜到發生了什麼事情。

撚婆會來到這裡，正是因為師父怕兩人有失，所以才會特別要撚婆前來支援。

由於道觀大家都有外務外出，沒有人可以照顧任凡，所以撚婆也帶著任凡一起，好不容易將任凡安置在附近的小亭子，自己一個人過來支援，想不到才剛踏進門口，就看到千爺與珠婆兩人被數十個鬼魂追殺的模樣。

撚婆見狀揮了揮手，要兩人朝自己這邊來，然後把手伸進隨身攜帶的袋子中。

撚婆將手從袋子裡面抽了出來，手上滿滿一把香灰，這正是撚婆的法器。

撚婆將香灰撒在地上，又伸手進去拿，一連撒了三把香灰後，將兩指一併放到唇邊，口中細聲唸著咒文。

千爺與珠婆兩人這時也退到了撚婆的身後，準備看撚婆大顯身手。

撚婆唸完咒文後，腳用力一踏，地上的香灰頓時揚起，形成一片煙霧，在煙霧之中地上的香灰宛如一支支利箭，凌空飛起，化成一道道灰色的光芒，朝眾鬼魂而去。

這手化灰為箭的法力，雖然珠婆與千爺都曾經見過，但卻沒見過這法術還能萬箭齊發，一個不漏地刺穿在場所有鬼魂的心臟，讓兩人看得目瞪口呆。

雖然天威道長的八名弟子入門後，也算是共同生活在一起，不過由於法器跟所學的法術不太一樣，所以彼此間，並不常看到其他人施法。

所以見到撚婆這一手，兩人都瞪大了雙眼，一直到鬼魂全部消散殆盡，兩人才鼓掌叫好。

「師姐！」珠婆對撚婆說：「難怪大家都說，只要師姐手上有香，就沒有鬼魂可以傷得了妳。」

「哈哈哈，師妹，」千爺也對撚婆說：「師兄我服妳了，比起別人射射法珠，妳這手功夫實在了得多了。」

千爺在稱讚撚婆的同時，還不忘吐槽珠婆一下。

撚婆笑著點了點頭表示謙謝後，轉過身看著剛剛群鬼圍攻過來的方向說道：「可惜的是這些鬼魂，沒有一個是正體。」

其實兩人也早就感到狐疑了，畢竟兩人同時看錯正體，這種情況實在非常少見。

不過撚婆終究還是剛剛才到，對於這棟宅邸所知甚少，所以珠婆與千爺分別把兩人在宅邸收鬼的經過告訴了撚婆。

聽完兩人的敘述之後，撚婆沉下了臉，考慮了一會後說：「從你們兩個所說的來看，有問題的……恐怕不是這個宅邸啊。」

撚婆說完看了看四周，當視線轉到了宅邸旁邊的森林時，撚婆內心一凜，猛一回頭，朝下坡奔去。

撚婆這突如其來的舉動，看得千爺與珠婆丈二金剛摸不著頭腦，只能跟著追下去。

撚婆跑了一會，望向不遠處的一座涼亭，那裡就是剛剛在過去宅邸前，撚婆留下任凡的地方。

這時只見涼亭空蕩蕩的，任凡已經不知去向。

「怎麼啦，師姐？」追了上來的珠婆，見到撚婆的臉色，關心地問道：「臉色那麼……」問題還沒問完，珠婆立刻聯想到了答案。

「師姐妳帶任凡來了嗎？」

撚婆一臉驚慌地點了點頭。

「唉。」千爺嘆了口氣搖搖頭。

雖然說，長大之後的任凡，有個座右銘就是不造成別人的困擾，但小時候的任凡完全不是這麼一回事。

調皮搗蛋不說，還常常會做出一些讓人意想不到的事。

類似這樣的案例層出不窮，例如偷拿千爺的陀螺玩，弄壞了杖婆最心愛的金剛枴杖，尤其這把還是號稱純鋼製的，另外還有把火爺變成人體蠟燭，放火點燃火爺的禿頭等等，事蹟多到不勝枚舉。

不過最經典的還是紋爺，從小就很喜歡問問題的任凡，在問了紋爺一個問題之後，讓紋爺的下半輩子都變得鬱鬱寡歡，只要一想到或者看到任凡，紋爺總是苦著一張臉。

此刻，不需要撚婆多說，三人都知道任凡很可能因為無聊，跑到旁邊的樹林裡去練習彈弓了。

「有問題的不是那間房子，」撚婆沉著臉說：「是這片森林。」

「如果不快點的話，任凡會有危險。」珠婆跺著腳說：「不，已經有危險了。怎麼辦？要打電話給爐婆嗎？」

眾人知道，如果任凡真的跑進了森林裡，那麼就算三人衝進去，也不見得找得到任凡。

畢竟打從一開始有問題的就是這片森林了，三人在毫無準備的情況下闖進去，不要說任凡了，就連他們三人都不見得可以順利出來。

在七個師兄妹中，最擅長找人的就是爐婆了，如果想在這樣的森林裡，找到任凡，爐婆是最有機會的。

「哼，」千爺一臉不悅地說：「找人一定要靠小師妹嗎？我不能找嗎？森林可是我的主場啊，在森林裡打陀螺最有利了。」

千爺這麼說的同時，眼中閃爍著就連珠婆與撚婆都沒見過的光芒。

「你有辦法找到臭小子嗎？」撚婆問千爺。

「當然有，」千爺從懷中掏出了一個藍色的陀螺說道：「這個是我自己研發許久的新玩意，我把它取名做『追魂螺』，只要在上面寫上任凡的名字與八字，絕對可以不負眾望讓我們找到任凡的，尤其是在森林這種地方。」

「啊？新的啊？」珠婆垮著臉說：「你以前有用過嗎？」

「沒有，」千爺回答得十分乾脆：「沒有機會用啊。」

「你可別開玩笑啊，」珠婆搖搖頭說：「任凡的命，可不是讓你研發法術的實驗品啊！」

「去去去，」千爺揮著手說：「什麼實驗品，我可是有十足的把握。」

「也只能試試看了。」撚婆皺著眉頭說。

畢竟現在是分秒必爭，時間拖越久，任凡越有可能遭遇不測，再去找爐婆，不僅要浪費一段時間，而且還不能保證一定可以找得到人。

三人稍做準備後，立刻進入森林，不敢有片刻停留。

不出三人所料，今晚的任凡的確為了練習彈弓，而跑進森林裡。

本來想著只在外圍，撚婆隨時回來叫一聲，自己都能夠出來應答，誰知道這卻讓任凡陷入恐怖的惡夢中。

的救援。

如果不是在森林裡遇到一個從小就被困在裡面的老先生，任凡根本來不及等到千爺等人

雖然後來在千爺、珠婆與撚婆的通力合作下，不但順利救出任凡與那位老先生，也平定了那片森林，但那天夜裡在森林中的經驗，已經在任凡心中留下了陰影。

從那之後，任凡有好幾年的光陰，幾乎一看到樹就會產生恐懼。

只是任凡作夢也沒想到，事隔二十多年，會再度被困在這樣的森林中。

2

關於那個在森林裡幫助過任凡的老人家，在與任凡一起逃出森林後，被緊急送往醫院。長年受困在森林中的他，因為缺乏營養，當晚就在醫院裡過世了。

對於那位老人家為什麼一出森林就過世，任凡沒有個確切的答案，任凡就連當面向他道謝的機會也沒有。

這些年來，任凡有些時候會想起那位連自己都不知道該怎麼稱呼的老人家。

尤其在今天晚上，這樣的夜晚在這樣的森林中，腦海裡不時回想起當時在森林裡與老人

家共度的那一小段恐懼時光。

雖然因為年代久遠，很多事情任凡已經不記得了，但當時老先生所告誡過的那些話，任凡還是牢記在心。

「想要在這樣的森林裡生存下來，最重要的就是不要相信自己眼前所看到的一切。」

當然這點對現在已經看不見的任凡來說，是再簡單不過的事情了。

在前往靈力最強大的中央路上，任凡拿來探路用的樹枝，也是非常重要的生存條件。

盡可能不要觸碰到樹幹，這也是在這種森林中活下來最重要的原則。

畢竟靈魂與環境融為一體之後，就好比水鬼在水中一樣，這種森林鬼魂就是寄生於樹幹之上的。

觸碰到樹幹就好像觸碰到這些鬼魂一樣，不但很可能暴露自己的位置，更有可能陷入苦境。

這時的任凡與伊芙兩人已經非常靠近中心了，任凡並沒有打算直搗黃龍，他盡可能前往中心的原因，只是為了找尋那些失散的夥伴。

只要能夠找齊所有人，任凡根本不打算跟這些森林的鬼魂們有任何瓜葛，畢竟這座森林本來就不是任凡的目的。

到時候任凡會想辦法帶著所有人先脫逃出去再說。

不管怎麼樣，至少也要讓他先找到一個。

任凡感覺到在附近有一個熟悉的靈力，所以帶著伊芙一起靠了過去。

兩人才剛穿出草叢，任凡立刻聽到了熟悉的聲音。

「大哥哥！」

「艾蜜莉，」任凡點了點頭輕聲地說：「妳跟利迪亞都還好吧？」

艾蜜莉摸著懷中的利迪亞點了點頭說：「嗯，我們都沒事，不過在被抓住的時候，我真的好害怕喔，還好利迪亞幫我把抓住我的東西咬斷了。」

在失散的同伴中，任凡最擔心的就是艾蜜莉與雷娜。

戴爾是樵夫，任凡料想這樣的森林對他來說，應該不會有太大的危險，至於那個中年大嬸……

不過現在找到艾蜜莉，也算是安心一半了，接下來……

「這個小女孩就是你的同伴嗎？」伊芙靠過來問任凡。

任凡這時才想到，自己並不是獨自一個人，看不到鬼魂的伊芙，看著自己自言自語，不知道會不會嚇到轉身逃跑，豈料伊芙竟然會這麼問。

聽到伊芙這麼問，艾蜜莉理所當然地點著頭，但是任凡卻是一臉不解。

「怎麼？」任凡一臉狐疑地問伊芙：「妳看得到艾蜜莉？」

「啊？當然看得到啊，只是……」伊芙揉著眼睛說：「不知道為什麼，我覺得視線有點模糊了，可能是太累了吧。」

「不……」任凡一時之間也不知道到底該不該把實情說清楚。

這是怎麼回事？

一路上，明明就有一些等著要抓交替的鬼魂跟著自己與伊芙。

為了不增加伊芙的恐懼，任凡一直都沒說。

如果伊芙打從一開始就看得到鬼魂的話，怎麼會完全沒有驚慌的神情呢？

就算天生具有陰陽眼，就算跟自己一樣對鬼魂已經習以為常，也不應該一點反應都沒有才對。

更何況從伊芙表現出來的樣子看起來，根本就像是從來沒有經歷過這種黃泉界的東西，怎麼會突然……

當然任凡非常清楚，在某些情況下，有些人的確會突然看得見鬼，尤其是像現在這種狀況，但艾蜜莉既不是靈力強大的鬼魂，對伊芙也沒有任何惡意，可以輕鬆一眼就看到艾蜜莉的人，多半都是有陰陽眼的人才辦得到的。

如果說，這森林的靈力真的強大到讓伊芙開啟了陰陽眼，能夠輕鬆看見艾蜜莉，那麼情況恐怕非常不妙。

「妳抬起頭來看看。」任凡對著伊芙說。

伊芙聽了之後，一臉不解地緩緩抬起頭來。

在這茂盛的樹林中，天空都被交錯複雜的枝葉遮蔽了，伊芙實在不明白任凡要自己抬起頭來看什麼。

就在這麼想的時候，伊芙看到了在樹梢之間，似乎有一對不屬於森林裡面該有的光芒，就彷彿天上的星星一樣閃爍著。

定睛一看，那是一雙眼睛，一雙像是人類的眼睛。

伊芙難以置信，搖了搖頭之後再看，這一看不得了，原來不只有一雙，籠罩著自己的這片森林上空，竟然有四、五雙這樣的眼睛注視著自己。

眼睛的主人很小心地將自己的身體藏身在枝葉之中，但仍然可以看得出來，他們似乎正在觀察著自己。

「那些是……」伊芙的聲音微微顫抖。

「他們都是鬼魂，」任凡淡淡地說：「就連妳眼前的這個小女孩也是。」

「什麼？」伊芙看著艾蜜莉，就好像看到鬼一樣地說：「你是說連這個小女孩也是……」

任凡點了點頭。

「妳先前，」任凡問伊芙：「看得到鬼嗎？」

「看不到。」伊芙先是用力地搖了搖頭，然後轉念一想，看著艾蜜莉說：「雖然我也分不出到底誰是人，誰是鬼。」

伊芙會有這樣的疑惑，主要就是因為看到了艾蜜莉，如果任凡沒有說，伊芙不知道自己要過多久才會發現艾蜜莉是鬼。

「可是，她真的是鬼嗎？這小女孩看起來那麼可愛……」

聽到伊芙這麼說，任凡二話不說，直接用手上的樹枝朝艾蜜莉一捅。

樹枝直接穿過艾蜜莉，卻完全沒有碰到的跡象。

艾蜜莉低頭看了看樹枝，然後瞪了任凡一眼，似乎對任凡這樣的舉動非常不高興。

伊芙則是看傻了眼，張大嘴不知道該說些什麼。

「算了，這不重要。」任凡搖搖頭說。

雖然對伊芙為什麼會突然擁有陰陽眼這件事情，任凡非常在意，不過他也很清楚，現在的重點不在這裡，找到艾蜜莉等於完成了一半的工作，接下來只要再找到雷娜，任凡就可以拍拍屁股走人了。

「艾蜜莉，」任凡問艾蜜莉：「妳有看到其他人嗎？」

「認識的沒有，」艾蜜莉依然瞪著任凡，不悅地說：「不認識的有一個，就在前面而已。」

聽到艾蜜莉這麼說，任凡跟伊芙都知道，這個艾蜜莉不認識的人，指的應該就是伊芙的同伴。

「那個人還活著嗎？」

「不知道，」艾蜜莉乾脆地回答：「她躺在地上沒有動作。」

雖然不是很想節外生枝，但任凡也沒有辦法就這樣丟下伊芙自己去確認。

「唉，好吧，」任凡對艾蜜莉說：「妳先帶我們去看看那個人。」

艾蜜莉側了一下頭，轉身走入樹叢中。

任凡與伊芙跟著艾蜜莉，一起走了進去。

3

任凡與伊芙兩人跟著艾蜜莉，果然在不遠處發現一個人躺在地上，經過伊芙的確認，那正是與伊芙同行的女性友人雪儂。

一看到雪儂，原本還想迎上前去的伊芙，才踏出第一步，就停住了腳步。

這時浮上腦海的是剛剛黎安娜變身後的恐怖模樣。

「雪儂她……」伊芙一臉驚魂未定地問：「沒事吧？」

任凡當然了解伊芙這麼問的意思，搖了搖頭說：「沒事。」

在確定了雪儂沒事後，伊芙才過去把雪儂扶起來。

伊芙將手指放到雪儂的鼻下，確定她的鼻息還算穩定之後，輕輕地拍著雪儂的臉頰呼喚著：「醒醒啊，雪儂。」

伊芙注意到了雪儂身上穿的衣服，有幾處裂痕，看起來不像是拖行留下的痕跡，反而像遭人鞭打才會有的長型裂痕。

不只衣服方面留下痕跡，伊芙注意到雪儂的雙手，也有嚴重的擦傷。

她實在很難想像這段時間裡，雪儂到底遇到了什麼樣的事情。

「雪儂，求求妳，快醒醒啊。」

伊芙持續輕拍著雪儂的臉，試圖想要叫醒她。

任凡在一旁等待，心中盤算著最糟糕的情況大概就是自己得要揹著她，然後祈禱不要再有任何麻煩。

「雪儂？」這時伊芙的聲音突然有了變化，雪儂似乎有反應了。「雪儂，是我！快點起來。」

伊芙懷中的雪儂皺著眉頭，緩緩地張開了雙眼。

她先是一愣，似乎還不明白自己現在身在何處，發生了什麼事。

接著，當回憶開始在雪儂腦海裡面甦醒時，雪儂的臉色一沉，苦著臉用力地搖著頭。

「不要！」雪儂突然大聲叫了起來，「我不要在這裡！帶我出去！快點！」

想不到雪儂會突然大叫起來，就連一旁的艾蜜莉也嚇了一跳。

「伊芙！」雪儂抓著伊芙大叫：「快點帶我離開這裡！」

「小聲點。」

任凡在一旁提醒著伊芙與雪儂。

「雪儂妳冷靜點。」

儘管伊芙試圖想安撫雪儂，但此刻的雪儂，根本聽不進去，仍然是抓著伊芙不停大吼大叫。

「想辦法阻止她。」

任凡不悅地皺著眉頭，早知道這女人醒來會這麼麻煩，剛剛就應該讓她繼續昏著。

看到歇斯底里的雪儂，就連艾蜜莉也一臉厭惡，小聲對著懷中的利迪亞說：「這個姊姊好吵喔。」

就在這時，一種感覺襲上任凡的心頭。

任凡沉下臉，對伊芙叫道：「快點！讓她安靜下來！」

伊芙試圖想要摀住雪儂的嘴，但越想阻止雪儂尖叫，雪儂反而掙扎得越大力。

「走開！」雪儂揮開伊芙的手叫道：「不要抓著我！我想要回家！」

這時就連任凡都想過去一拳把雪儂打昏，可是一切都已經來不及了。

「不要管她了！」

任凡一個箭步過去，將伊芙拉起來，伊芙還搞不清楚到底怎麼回事，才剛站穩，一個熟悉的身影就這樣站在兩人面前。

伊芙看到對方，整張臉都綠了。

來的不是別人，正是剛剛兩人在森林裡才遇過的人——黎安娜。

只見黎安娜就站在那裡，臉上還掛著一抹詭異的笑容。

伊芙見到黎安娜，魂都飛了一半，根本忘了腳下的雪儂。

雪儂完全失去了理智，一看到伊芙放開自己，立刻從地上掙扎站了起來。

等到伊芙回過神，看到雪儂站了起來，怕她不知道黎安娜已經不是大家所認識的黎安娜，上前想要抓住雪儂。

雪儂一看到伊芙又想要抓住自己，立刻放聲尖叫起來。

「不要抓我！」雪儂推開伊芙，朝黎安娜的方向跑去，並叫道：「我只想要出去！不要阻止我！」

這時黎安娜張大了嘴，吐出了樹藤。

「不要過去！」伊芙對著雪儂叫道，但為時已晚。

只見黎安娜口中的樹藤朝雪儂一抽，啪的一聲巨響，雪儂竟然整個人從中間被樹藤劈成了兩半。

「不！」

親眼見到自己熟悉的夥伴，竟然這樣活生生被劈成兩半，伊芙哀號了一聲之後，眼前一黑，身子一軟，整個人暈了過去。

突然出現這麼多陌生人，原本還搞不太清楚狀況的艾蜜莉，一看到這個恐怖的景象，趕緊一連退了好幾步，緊抱著利迪亞躲到任凡的背後。

任凡雖然看不到慘狀，但光從雪儂那突然中斷的聲音，就大概猜到發生什麼事了。

事情發展至此，任凡知道現在說什麼都來不及了。

眼前除了與黎安娜正面交鋒一途之外，別無他法。

有了這樣的認知，任凡將手伸到袋子裡。

袋子裡面有這段時間以來，戴爾幫任凡製作的新陀螺。

有了先前的經驗，任凡認為在自己已經失明的情況下，有必要練習一下這個荒廢已久的兵器。

當年在法器大戰中落敗，為了扳回一城的千爺，可以說是使盡自己的看家本領，從怎麼讓陀螺騰空的這些打陀螺特技，到如何製作陀螺，平衡該如何拿捏，又該如何避震，甚至連天聲、地牛等不同種類陀螺的製作與使用方法，也都一股腦全部教給了任凡。

雖然任凡根本不記得那麼多東西，但是在這段時間裡面，實際上動手練習與製作之後，當時千爺所教導的一切也一點一滴逐漸地找回了記憶。

此刻任凡的袋子裡面，早就已經準備好了各式各樣的陀螺。

任凡在腦海裡面想著該如何對付眼前這個被森林鬼魂控制的麻煩敵人，對任凡來說，決定用陀螺來與鬼魂抗衡，也算是一種全新的體驗。

畢竟雖然千爺已經算是卯足全力去教導任凡，但是任凡很少見到千爺施法收鬼的過程，所以到底該怎麼運用，任凡一直都還處於紙上談兵的階段。

除了上次的定身陀螺之外，其他的陀螺到底該如何拿捏與使用，任凡一無所知。

然而，黎安娜並沒有給任凡太多準備的時間。

在解決了雪儂之後，樹藤猛然朝任凡等人這邊抽了過來。

4

「不！」

一陣尖叫聲劃破了寂靜的夜。

雷娜與戴爾兩人互看一眼。

果然這座森林裡面，真的有其他人。

因為剛剛那些尖叫聽起來，像是女人的聲音。

雷娜在戴爾的帶領下，也一直朝著森林的中心前進。

戴爾就好像個識途老馬，即便是第一次進入這片森林，但是對於森林的熟悉程度來說，遠遠不是雷娜這個生活於繁榮都市的現代人所能想像的。

戴爾不但帶著雷娜躲過了許多森林裡面危險的地方，更擺脫掉了那個一直跟著兩人的鬼魂。

這時聽到這聲尖叫，兩人對望了一眼。

對雷娜來說，不管對方是不是自己的同伴，如果真的也有其他人被鬼魂攻擊，雷娜不想見死不救。

所以雷娜用下巴比了比，示意要戴爾帶路過去看看。

兩人穿過了草叢，朝著聲音的方向前去，還沒看到任何東西就先聽到了呼呼作響的風聲與清脆的拍打聲。

兩人上前一看，只見任凡跟一個女人似乎正在對打，另外一邊則躺著一個女人，而站在女人身邊的正是抱著利迪亞的艾蜜莉。

距離艾蜜莉幾步遠的另一邊地上，還有一具分成了兩半的屍體。

原本還以為那個跟任凡對打的女人，是手拿類似樹藤之類的鞭子當武器，可是定睛一看，那樹藤並不是拿在女人的手上，而是從女人的口中冒出來的。

發現戴爾來了的艾蜜莉，對著戴爾揮了揮手，本來想跑過去會合的，但是任凡剛剛交代過她幫忙看顧伊芙，艾蜜莉只好扁著嘴乖乖待著，不敢隨便離開。

另一方面，雖然雙眼看不清楚，但是黎安娜這時已經被鬼魂附身，所以對任凡來說，反而比活人要來得容易對付。

就連樹藤都充滿了靈力，這點對任凡來說，還真是上天保佑。

只見黎安娜口中的樹藤不斷抽打著，卻一直打不中任凡。

對任凡來說，黎安娜不過就只是個被鬼魂操縱的傀儡，甚至連殭屍都稱不上。

雖然樹藤抽打的力道奇大，但是任凡藉著閃躲的空檔，不斷接近黎安娜，任凡有絕對的把握可以撂倒黎安娜。

可是就觀戰者的角度來說，雷娜與戴爾就沒那麼有把握了。怎麼看都是任凡居於劣勢，只能不停地閃躲。

戴爾見狀，扛起了斧頭正準備上前幫忙，豈料雷娜的速度更快。雷娜搭起了彈弓，對準了黎安娜，在戴爾還來不及動手之前，毫不猶豫地射出了十字架。

與此同時，好不容易接近黎安娜的任凡，躲過了最後一次的樹藤攻擊之後，一個箭步衝上前，準備給黎安娜一拳。

誰知道就在這個時候，任凡的右臉傳來一陣刺痛，任凡內心大驚，黎安娜竟然會有意想不到的攻擊？

任凡不敢貿然進攻，正準備往後退，後腦又傳來同樣的刺痛。

這次任凡聽得很清楚，在刺痛傳來之前，有陣明顯的風聲。

這風聲非常熟悉，聽起來就好像自己常用的彈弓，把東西射出去的時候常常都會聽到這個聲音。

「靠！」任凡叫道：「到底是誰一直射我！」

在一旁的雷娜，聽到任凡這樣說，一臉歉意地叫道：「對、對不起，她突然動了，所以我的彈弓才會不小心射中你。」

原來雷娜連續兩發都沒射中黎安娜，反而打中了任凡。

雖然任凡一直專注在對付黎安娜，但是戴爾前來的感覺，任凡也早就察覺到了。

誰知道他竟然把雷娜帶來了，雖然這算是件好事，可是任凡作夢也想不到，雷娜竟然會在這時候出手攻擊自己。

幸好艾蜜莉還搞不清楚現在的戰況，要是讓她知道雷娜一直幫倒忙，接連用十字架射中任凡，艾蜜莉肯定會忍不住衝過來罵自己本來就很不喜歡的雷娜。

而原本想要上前幫助任凡的戴爾，見到雷娜這般胡亂發射，才踏出一步就不敢再往前了。

畢竟雷娜射的可是十字架，射在任凡的身上是痛，射在自己的身上可是會鬧出鬼命的。

「我是要幫你的，」雷娜叫道：「是不小心才會射中你。」

這時躲過一劫的黎安娜，將樹藤縮回，朝任凡又是一鞭。

眼看時機已經過了，任凡不打算強求，但也不想要離黎安娜太遠。

只是差點就被任凡襲擊成功，黎安娜變得謹慎多了，不再全力進攻，這讓任凡越來越難找到空隙接近黎安娜。

黎安娜這時對著任凡又是一鞭，任凡向旁邊滾開，耳邊呼地一聲，差點又被雷娜給射中。

「搞什麼！」任凡叫道：「妳這是在幫她還是在幫我，會不會瞄準啊！」

「我有瞄準她啊！」雷娜不服氣地叫道：「誰知道會歪掉。」

「靠，」任凡氣憤地說：「妳這瞄準也瞄得太爛了吧！妳乾脆瞄準我好了！說不定還可以射到她！」

雷娜聽了好像也很有道理，就算平常在練習定靶射擊的時候，她也很難百發百中，或許任凡這是個好方法，瞄準他反而不會射到他，這樣一來，至少任凡不用再擔心自己被射中，運氣好還能打到黎安娜。

雷娜心念一轉，立刻轉為瞄準任凡，比起黎安娜身體幾乎沒什麼移動來說，任凡一會左、一會右地躲避著黎安娜的攻擊，非常難以瞄準。

雷娜看準了任凡跟黎安娜距離最接近的時候，瞄準任凡射了出去。

想不到這發竟然神準的命中了任凡的眉心。

任凡痛到眼淚都飆了出來。

「真是夠了！」任凡叫道：「不要再射我了！戴爾，如果她再射我，你就用斧頭劈死她！」

任凡真是又痛又想哭，心想自己用彈弓不分人鬼，射了別人一輩子，想不到竟然會在今天被人家射回來。

「好好好，我不射就是了，好心幫你你還唉唉叫。」

雷娜覺得自己一片好心被人家如此嫌棄，心中有說不出的委屈。

「妳射不準是要怎麼幫人啊！」

「哼，」雷娜一臉不悅地說：「你以為這很簡單啊，要瞄準很不容易的，不然你來射射看。」

任凡這時已經氣到完全不想跟雷娜爭論了。

少了雷娜的攪局，黎安娜的攻擊又單調，很快就讓任凡重新取回了優勢。

任凡向前一個翻滾，在黎安娜準備好下一次攻擊之前，竄到了黎安娜的身後。

黎安娜見狀，將樹藤向後一甩，豈料任凡這一下只是幌子，站起身向後一躍躲過了黎安娜的這一擊，一個轉身轉到了黎安娜的正面，手上這時已經多了一把任凡用來製作陀螺時會用到的刀子。

任凡舉起刀子朝黎安娜的嘴巴一揮，黎安娜口中的樹藤應聲而斷。

失去了根部的樹藤無力地垂落在地上，任凡撲向黎安娜，掐住了黎安娜的脖子，防止黎安娜再吐出樹藤。

終究是鬼魂附體的空殼，黎安娜舉起了手，打向任凡的同時，任凡已經一溜煙地繞到了黎安娜的身後。

任凡從後面用手肘鎖住了黎安娜的喉嚨，不讓黎安娜再吐出樹藤。

勝負已定，這點任凡非常清楚。

接下來只要知道自己討不到便宜，森林的鬼魂便會放棄對黎安娜的控制。

所有人見到任凡制伏住黎安娜，都鬆了一口氣。

就在這個時候，一陣怒斥從任凡與黎安娜後面傳來。

「你在幹什麼！」一個男子的聲音大聲地怒斥道：「放手！你這個無賴！」

就在大夥還來不及反應的時候，一個男子突然從任凡後面的草叢中衝了出來。

那男子二話不說，抬起腳來對準了任凡的屁股，用力地踹了下去。

想不到好不容易搞定了這個被鬼魂控制的傀儡，半路卻又殺出了一個程咬金。

任凡完全來不及閃避，與黎安娜兩個人一起被這一腳給踹倒在地上。

眾人看得傻眼，根本不知道眼前到底是什麼情況，只見這個殺出來的男人，看了看地板上被劈成兩半的雪儂，轉過頭來用極為兇狠的表情瞪著任凡。

「你幹了什麼好事！」男子指著任凡大罵：「你這個殺人魔！」

男子說完之後，沒給任凡任何解釋的機會，衝上前去對著任凡就是一陣猛踹。

面對鬼魂任凡還可以靠敏銳的感覺來躲避，但面對人類，任凡就真的只能聽聲辨位，是個不折不扣的瞎子。

對方快速且猛烈的攻擊，讓任凡毫無招架之力。

「大哥哥快逃啊！」看到任凡被打得這麼悽慘，艾蜜莉急得大叫。

這時暈倒在旁邊的伊芙，被艾蜜莉這一叫終於醒了過來，完全狀況外的伊芙一張開眼睛，就看到自己同行的夥伴之一傑夫，不停地踹著任凡。

「傑夫！」伊芙叫道：「住手！你為什麼要打他？」

「伊芙！妳沒事吧？」傑夫雖然問著伊芙，但腳下卻半刻沒有停歇，依然不停地踹著任凡叫道：「妳看看這變態對雪儂做了什麼？」

聽到傑夫這麼說，伊芙才知道傑夫很可能誤會了。

「不是這樣的！」伊芙叫道：「住手啊！任凡他不是敵人！」

「怎麼不是？」傑夫怒斥：「我親眼看到他想要殺黎安娜！菲爾肯定也是被這傢伙殺死的！」

「不！菲爾？菲爾他死了嗎？」

聽到菲爾的死訊，伊芙不禁打了個冷顫，如果當時自己選擇跟菲爾一起走的話，說不定現在也已經……

「是啊，我在前面的路上看到了他的屍體。」傑夫指著自己剛才走過來的方向，一邊不忘怒踹任凡。

「不，不可能，」伊芙搖頭叫道：「菲爾不會是任凡殺的，你先住手！聽我解釋！」

雖然伊芙這麼說，但傑夫哪裡聽得進去。

回過神來的戴爾與雷娜，雖然想要阻止，但這個叫傑夫的男人看起來好像是伊芙認識的人，兩人一時之間也不知道該如何是好。

地上的任凡被這不知道打哪冒出來的男人猛踹一通，雖然盡可能保護著自己的要害，但是也被這陣亂腳踹到重傷，連手上的刀子都掉在地上。

「你還說他不是敵人！」傑夫這時撿起了任凡掉落的刀子叫道。

就在傑夫彎腰撿刀的同時，任凡見機不可失，立刻朝旁邊滾了兩圈之後，勉強爬了起來。

傑夫見狀，立刻用刀子指著任凡。

「不！」伊芙向前想要阻止傑夫。

就在所有人都把注意力集中在傑夫與任凡身上的時候，根本就沒有人注意到，同樣倒在地上的黎安娜，早在傑夫不停攻擊任凡的時候就已經從口中吐出了新的樹藤。

這時伊芙一有動作，新的樹藤也跟著動了起來，筆直地揮向渾然沒有察覺的伊芙。

然而，任凡心中一直掛念的，本來就不是眼前這個搞不清楚對象的二愣子，而是已經脫困的黎安娜。

這時感覺到樹藤朝伊芙揮去，任凡見情況不妙，轉身撲向伊芙。

「危險！」

任凡叫了一聲之後，用力推開迎面而來的伊芙。

這一推雖然讓伊芙重心不穩，整個人跌倒在地上，但是樹藤也因此揮了個空。

然而，就在這同一時間裡，以為任凡要攻擊伊芙的傑夫，看情況緊急，也不管那麼多，衝上前去，舉起了任凡的刀子，朝著任凡的背上刺了下去。

任凡雖然知道對方會趁機偷襲，在推倒伊芙之後，迅速地向前一躍，導致這刀不至於刺進背部，但是刀子仍然劃傷了任凡的背部，在任凡的背上留下了一條十公分長的傷口。

任凡的背部頓時流出了鮮血。

任凡猛一轉身對著傑夫，以防他再度襲擊，但是劇烈的疼痛讓他有點腳步不穩，整個人一連退了好幾步。

站不穩的任凡在退了幾步之後，整個人靠上了樹幹。

才剛靠到樹幹，任凡的臉立刻垮了下來。

糟了！

任凡內心暗叫不妙，可是為時已晚。

一整晚都盡可能保持距離，不要碰到樹幹的任凡，想不到最後卻在最靠近森林中心的時候破了戒。

才剛靠上樹幹，任凡立刻想要移開自己的身體，可是樹幹分泌的汁液，彷彿強力膠般，緊緊地黏住了任凡。

黏住任凡的樹幹，突然分泌出許多樹液，大量的樹液宛如醍醐灌頂，從上而下將任凡整個人都給包住了。

所有人包括傑夫在內，都對這突如其來的情況感到錯愕。

樹液包住了任凡，不過轉眼之間，汁液瞬間凝固，竟然跟樹皮沒什麼兩樣。

任凡就這樣被大樹吞噬了。

打從傑夫突然殺了進來，一直到任凡受傷，再到任凡被樹幹給吞沒，一切的一切都來得如此突兀，讓眾人幾乎張大了口，沒有辦法做任何反應。

就在所有人都還在為任凡被吞沒的事情感到驚訝不已的時候，四周的樹林突然傳來一陣騷動。

只見樹藤從四面八方襲來，就好像一開始偷襲眾人的那樣，紛紛捲向在場的所有人與鬼。

轉眼間，原本熱鬧的這個地方，就只剩下黎安娜與被劈成兩半的雪儂屍體，以及被樹幹吞沒的任凡留在原地動也不動，彷彿一切都沒有發生過一樣。

第7章・死門

1

——十多年前。

陽明山上最著名的道觀之中，不同於平日的早課，今天所有師兄妹都聚集在一起，氣氛卻顯得有點哀傷。

今天是任凡十三歲的生日，在命格上，是最為成熟的一年。

雖然說道觀裡面的法師們，對於這樣的命格，有一定程度的抗性，但是為了不讓大家困擾，撚婆還是得到了師父的同意，決定帶著任凡離開道觀。

從小就在道觀裡面長大的任凡，根本早就已經是這些師兄妹眼中的小姪子、小外甥。

雖然平常調皮搗蛋，但是所有師兄妹都將任凡視為己出，從來就沒有把他當成外人。

這也是為什麼任凡對於自己的童年，沒有怨言的原因。

在撚婆的要求下，任凡在離開的前一天，分別跟撚婆的師兄妹們一一道別。

然而，任凡卻在千爺的房間待了最久。

「這一本，」千爺將一本書放到了任凡的手中說道：「是如何製作陀螺的秘典，裡面詳細記載了所有製作陀螺的技巧。」

「喔。」任凡淡淡地說。

「還、還有這一本，」千爺又將另一本書放到任凡手中說：「這是我自創的，打陀螺時的鞭法，就連如何製作那些繩鞭，裡面都有記載。」

「喔。」任凡依舊淡淡地說。

「然後這個，」千爺最後將一個盒裝的陀螺交給了任凡說：「這是你老是喜歡偷去玩的定身陀螺，千爺把它送給你，希望你會好好珍惜。」

「喔。」任凡還是淡淡地說。

剛剛交到任凡手上的三個寶貝，是千爺最珍貴的三個東西，想不到只換來三個「喔」，讓千爺眼淚都快要飆出來了。

眼看任凡始終不為所動，千爺垮下了臉來。

「拜託啦！」千爺哭喪著臉哀求道：「臭小子。」

聽到千爺這麼叫自己，任凡裝模作樣地瞪了千爺一眼。

「不，」千爺趕忙改口說：「我是說任凡，就一次！好不好？」

任凡緩緩地搖了搖頭。

「拜託啦！」千爺繼續哀求道：「叫我一聲師父來聽聽，好不好？」

「不行！」任凡仍舊不為所動地說：「我的師父是法婆，我不能背叛師門！」

因為珠婆非常不喜歡珠婆這個名號，所以堅持要任凡叫她法婆。

「什麼背叛師門？沒那麼嚴重啦！」千爺依然哭喪著臉說：「別這樣嘛，我好歹也把我所有的陀螺技巧都教你了，我這輩子沒有那麼認真教過人耶，你是我壓箱寶的弟子，就一次，好不好？」

當然，如果任凡知道，在這之後自己將永遠沒有機會叫千爺一聲師父的話，當時的他，肯定會叫的。

可惜的是，人生就是這樣，千金難買早知道。

結果因為千爺求到眼淚都飆了出來，聲音也太過於激動，引起大家的好奇，紛紛過來關心，在眾人面前拉不下臉來求任凡的千爺，最後也只好放棄。

任凡的這句師父，終究沒有喊出口，這也成為了任凡的一個遺憾。

2

一切都來得如此的急促，讓所有人彷彿歷經了一場三溫暖。

而在這場高潮迭起的戲碼劇終，所有人又跟一開始一樣，被四處冒出來的樹藤給纏住，再度被拖入森林之中。

戴爾也跟其他人一樣，被樹藤給纏住了腳，可是對於這次森林的故技重施，戴爾的反應非常迅速，只被拖行了幾公尺，就一個回身放穩重心，隨即用斧頭把樹藤劈斷。

戴爾才剛站起身來，就看到另一邊被拖走的雷娜就在附近。

戴爾追了上去，大約追了幾分鐘之後，順利劈斷了纏住雷娜的樹藤，幫助雷娜脫困。

「妳還好吧？」

雷娜扶著腰，緩緩地點了點頭。

「我們必須趕快回去，」戴爾說：「任凡被樹幹包得密不透風，就算還活著，恐怕也要窒息了。」

光是想到剛剛任凡被樹幹吞沒那一幕，到現在雷娜還是驚魂未定，在跟著戴爾趕回去的路上，只要看到樹幹雷娜都完全不敢碰觸，哪怕只是衣服也不敢擦到一下。

等兩人趕回到任凡被吞沒的地方，已經經過十分鐘以上了。

趕是趕回來了，可是看著任凡與大樹融為一體，兩人剎那間還真不知道該怎麼辦才好。

「快點！」雷娜催促著戴爾說：「你的斧頭是裝飾品嗎？快點把他救出來啊！」

「這……」戴爾一臉為難地說：「妳說得倒簡單，萬一劈中任凡怎麼辦？」

「就小心點劈啊！」

戴爾白了雷娜一眼，這種廢話戴爾當然也知道，但是做起來非常困難。

戴爾檢查了一下包圍著任凡的那層樹皮，如果不是兩人親眼看到任凡被包起來，恐怕就連戴爾也不會發現任凡被包裹在這層樹皮裡面。

畢竟這層樹皮看起來跟樹幹的其他部分沒什麼兩樣，就連紋路跟脈絡都很一致。

樹皮將任凡包得密不透風，想必任凡在樹幹裡面根本沒辦法呼吸吧。

不過真正讓戴爾感覺到苦惱的是，他不知道這層樹皮有多厚，力道也不知道該怎麼拿捏。

如果力道過大，就算任凡沒悶死，也可能被戴爾的斧頭劈死。

不過這樣看下去，好像也不是辦法，拖越久任凡活下來的機率就越低。

戴爾謹慎地用指關節敲了敲樹幹，估算一下樹幹外層的厚度之後，舉起斧頭準備砍樹。

戴爾非常清楚，機會只有一次，如果力道大一點，斧頭就會劈中任凡，到時候就算大樹弄不死任凡，自己的斧頭也絕對可以殺死任凡。

戴爾先要雷娜讓開一點，斧頭向後拉開，猶豫了一會之後，揮動了斧頭朝樹幹砍去。

雷娜看了，心也忍不住揪了一下。

畢竟雷娜這輩子根本就沒親眼看過人家伐木，沒有一定的力道，根本連樹皮都很難砍得進去。

所以看到戴爾這麼一揮，雷娜不禁為任凡捏了一把冷汗。

殊不知這已經是戴爾控制過後的力道，果然這麼一劈，只有砍入幾公分。

戴爾將斧頭拔了出來，觀察了一下之後，緊接著又是一斧。

就這樣連續砍了四、五下，撇下了一小塊木塊之後，終於砍破了外層，看到了任凡的身體。

「任凡！」戴爾對著樹幹中叫道：「你還好吧？」

樹幹中的任凡沒有半點回應。

這讓戴爾更加不敢鬆懈，有了先前力道的準則之後，戴爾就比較敢下手了。

戴爾把握時間，拚了老命地砍著樹，經過十多分鐘之後，終於讓任凡的上半身露了出來。

任凡雙眼緊閉，沒有任何反應，這讓雷娜跟戴爾跟著驚慌了起來。

果然還是太遲了嗎？

畢竟兩人趕到這邊就已經過了十多分鐘，再加上戴爾砍樹的時間，正常人早缺氧致死了。

雷娜趕緊用手摸著任凡的脖子，一直到摸到了脈搏，兩人才鬆了一口氣。

雖然鬆了口氣，但戴爾仍然覺得狐疑。

從外面看起來，裡面應該完全沒有空氣才對，過了這麼長的一段時間，任凡到底是怎麼活下來的。

兩人合力將任凡拉出來，這時戴爾定睛一看，終於知道任凡沒有死的秘密了。

原來就在剛剛被汁液包圍的瞬間，任凡將口鼻藏到了衣領下，並且將身體縮起來，盡可能撐開衣服，讓裡面可以保留一點空氣，所以才不至於缺氧窒息。

這點空氣，剛好足夠撐到戴爾將他救出來。

兩人把任凡拉出來後，將任凡轉過身去，準備幫任凡處理那個被傑夫劃傷的傷口。

不幸中的大幸是，樹木的汁液雖然困住了任凡，卻也同時幫任凡封住了傷口止血，所以傷勢並不算嚴重。

「這真是個……」倒在地上的任凡突然開口說：「過去惡夢再度上演的倒楣日子啊。」

「你沒事了嗎？」

「嗯，」任凡緩緩地爬起來說：「還死不了。」

任凡扶著脖子，轉了轉頭。

背部的傷勢不嚴重，沒有傷到筋脈，只是無緣無故被人這樣劃了一刀，任凡的心情說什麼也好不起來。

「其他人呢？」任凡問兩人。

「在你被封住的時候，」戴爾回答：「大家又被樹藤纏住，艾蜜莉還有跟你走在一起的那位女性，全部都被拉走了。」

「唉，」任凡搖搖頭說：「真是麻煩。」

「那現在該怎麼辦？」戴爾問。

「我們已經禮讓夠多次了，」任凡不悅地說：「本來還想說，能避就避，只要把大家找齊，我們就靜悄悄地離開，但現在我真的生氣了。」

二十多年前，當任凡踏入那片森林時，渾然不知那片森林的險惡。

完全不在狀況內的任凡，就像今天這樣，被樹液包裹，最後變成樹林的一部分。

好在當年有那位老先生，而今天有戴爾，任凡才不至於真的命喪樹幹之中。

「這片森林犯了一個非常嚴重的錯誤。」任凡冷冷地說。

「什麼？」

「它不應該用樹幹把我吞了。」

「嗯？」

「因為這不但讓我了解了這片森林的經歷……」任凡沉著臉說：「更讓我非常的火

大。」

一想到自己在二十多年後，又再度重演當年被樹幹吞沒的惡夢，就讓任凡怒火中燒。

「那你打算怎麼做？」雷娜問。

「我要讓這片森林的那個人知道，」任凡嘴角浮現了一抹不懷好意的微笑說道：「吃壞東西會有什麼下場。」

3

葛雷猛然張開雙眼。

感覺好像作了一場好長的惡夢，然而真正的惡夢卻是在清醒之後才開始。

張開雙眼後，葛雷所看到的，是一片森林的景象。

但印象中，自己昨晚還好好地躺在自己家裡的床上，為什麼醒來之後，竟然出現在森林裡。

突然之間，葛雷內心一凜，趕忙站起身來。

這森林……不正是死亡森林嗎？

一看到這熟悉的景象，立刻讓葛雷睡意全消，前所未有的恐懼感席捲而來。

為什麼？

為什麼自己會在這裡？

葛雷感到驚慌，更感覺無助與恐懼。

他不屬於這片森林，不屬於！

這片森林對附近村莊來說，一直都是賴以為生的地方，然而這一切，卻在十多年前有了重大的改變。

一場恐怖的瘟疫橫掃歐洲，各地都傳來恐怖又嚴重的災情，就連葛雷所居住的村莊也沒有例外。

當時在歐洲各地，哀鴻遍野，幾乎人人聞病色變。

天高皇帝遠，當各國政府為了災情而焦頭爛額時，各地方的小村莊，只能夠自立自強。

葛雷的村莊在集會之後決定，將那些染病的病患隔離在森林中，任何想逃出森林回到村莊的人，都採格殺勿論。

就這樣，一座本來是村民賴以為生的森林，現在變成了他們保命的森林。

村子裡的壯漢，全身包得密不透風，將病患一個個運送到森林裡。

說好聽一點叫做隔離，難聽一點當然就是讓他們在森林裡自生自滅。

然而，葛雷卻完全不知道自己為什麼會被送進來。

他沒病，這點他比任何人都還要清楚。

但是，他的親生兒子，仍然趁著他熟睡的時候，將他揹到了這片森林。

這點，葛雷現在大概也料想到是怎麼回事了。

幾天前，葛雷還聽到自己兒子娶回家的那個女人，要他兒子乾脆把葛雷也一起丟進森林算了。

打從那女人一進門，葛雷就覺得她絕對是個災難。

好吃懶做也就算了，整天嫌東嫌西，張開口來不是罵人就是酸人。

幾乎整個村莊的人，都被那女人嫌棄、羞辱過。

那女人就好像隨時都有塊紅布在眼前的鬥牛般，幾乎整天都在找人吵架。

看著村子裡的人被自己的媳婦搞得烏煙瘴氣，葛雷覺得很不好意思，所以才會選擇跟自己的兒子與媳婦談談。

想不到那女人連自己這個公公都不怕，指著葛雷的鼻子也是一陣破口大罵。

後來葛雷吵不過自己的媳婦，摸摸鼻子認了，想不到那女人竟然跟自己的兒子說，像葛雷這樣的老人，不如也一起丟到森林裡算了。

只是，葛雷作夢也沒有想到，他的兒子，他的親生兒子，那個他一手撫養長大的兒子，竟然真的這麼做了。

從年輕時就在這片森林討飯吃的葛雷，怎麼會對這片森林不熟悉呢？

看了看四周的環境，心理的衝擊遠遠比現實的衝擊更讓葛雷覺得難受。

他現在所處的位置，根本就是森林的中心，換句話說，就算葛雷還有體力離開這片森林，不管怎樣都得穿過隔離區，也就是真正病患所在的地方。

這次的疫情有多麼恐怖，葛雷當然非常清楚，在毫無防護的情況下穿過那一區，幾乎可以確定絕對會染上不治之症。

不過，這也意味著一個讓葛雷更為痛苦的事實。

他的兒子，甘願冒著被傳染的風險也要把自己帶到森林中心，就表示這並不只是做做樣子，而是真心想要他死啊！

葛雷痛苦、氣憤地大叫著。

先不說在森林的最深處大吼大叫，有沒有人可以聽得到。

就算真的有人聽到了，葛雷比任何人都還要清楚，不可能有人肯冒這個風險，進來這片森林裡面救人。

葛雷就這樣被自己的兒子丟棄，受困在自己最熟悉的森林中。

一天一天過去，葛雷的身體越來越虛弱，他仍然拒絕跨越隔離區回到村莊。

因為在沒有任何防護的情況下穿越那一區，肯定會受到感染，到時候就算回到村莊，也沒人會聽自己解釋，被殺掉的機率極大。

只有在這裡無辜地死去，才有機會讓大家知道，自己沒病，自己不屬於這片森林，只是被自己的親生兒子與媳婦謀害了。

雖然身體越來越虛弱，但葛雷的恨意卻是越來越濃厚。

在最後彌留狀態，分不清現實與虛幻之間的意識時，葛雷感覺自己已經不知道離開這片森林多少次，親手殺了那個女人與自己的兒子。

然而，現實是在第六天的午後，葛雷嚥下了最後一口氣，他始終沒能離開這片森林，活著為自己報仇。

倚靠著大樹而死的他，在死後隨著大樹的成長，被包入樹皮之中，成為了大樹的一部分。

透過大樹的根，他的恨意也成為了這片森林的一部分。

不只有葛雷，還有那些因為染病而被拋棄在這邊自生自滅的人們，他們的恨意也隨著土壤滲入地底。

仇恨成為了滋潤這片森林的養分，慢慢地也變成了一場風暴，席捲了人世間。

葛雷知道，他報復的時候到了。

4

雖然反射性地做出了保護自己的舉動，但被大樹吞沒的任凡，在背部的疼痛與這惡夢般的驚恐下，讓他很快就失去了意識。

就在半夢半醒之間，任凡與這片森林產生了連結。

任凡感覺到了這片森林的恨，也了解了這片森林的哀。

他看到了被親生兒子背叛的葛雷，也看到了被人隔絕在森林裡的病患。

被怨恨滋養的森林，從此變成了一座死亡森林，吞沒所有往來路人。

數百年來，不知道有多少冤魂枉死於這片森林中。

附近的人都知道這座森林的故事與詛咒，但卻絕口不提。

因為這片森林裡，有他們祖先醜陋的人性，所以沒有人願意提起。

西方世界對這樣的事情，一向都是敬而遠之，不像東方動不動就來個法會，或多或少還有一點壓抑的作用。

這片森林在放任不管的情況下，讓恨意與痛苦蔓延孳生，就這樣經過了數百年。

當這樣的感覺傳到任凡心中時，他非常清楚，自己一開始設定的目標，井水不犯河水，似乎太過於天真了一點。

任凡將自己在樹幹中感受到的事告訴了雷娜與戴爾。

「那你決定怎麼做？」戴爾問。

「我已經計畫好了，」任凡說：「等等由我跟雷娜一起去中心。」

「那我呢？」戴爾皺著眉頭問。

「我有另外一個任務給你。」任凡笑著說。

這時一旁的雷娜，已經幫任凡處理好背部的傷口。

「不過在這之前，」任凡站起身來，突然轉向雷娜說：「把東西拿出來。」

「什麼東西？」雷娜一臉狐疑。

「妳剛剛一直射我的東西。」

聽到任凡這麼說，雷娜沉下了臉問：「你要幹嘛？」

「先拿出來。」

雖然雷娜不是很願意，但想想剛剛自己也的確射了任凡很多下，所以還是照任凡所說的，將彈弓拿了出來。

任凡一把將雷娜手上的彈弓給搶了過來。

「你幹什麼？」雷娜抗議。

任凡沒有回答雷娜，用手摸著雷娜的彈弓，任凡一摸就知道這把彈弓不是把好彈弓，兩邊的支撐軸根本就不對稱。

除此之外，雷娜的彈弓使用了兩條皮筋，但兩條皮筋的彈力也不同，左強右軟，這樣的彈弓想要射得準，難度實在非常的高。

「你幹什麼！把我的東西還給我。」雷娜將彈弓搶回去，氣沖沖地叫道：「這是約翰神父送我的，不要亂碰。」

「沒什麼，」任凡冷冷地說：「我只是想知道到底是誰把這樣的東西交給妳的，妳不知道這東西很危險嗎？像妳這樣亂射，遲早有一天會射傷人，不，妳已經射傷人了。」

任凡說完之後，摸了摸額頭。

雷娜使用的不是一般的彈丸，而是十字架，尖銳的直角在任凡額頭上留下了傷痕。

由於任凡被雷娜射到是事實，這點雷娜也無力辯解，所以只能低著頭。

「我問妳，」任凡皺著眉頭說：「妳到底是怎麼瞄準的？」

「就……就瞄準啊，這是什麼問題啊？」雷娜彆扭地說。

「妳實際上瞄一次來看看。」

雷娜心想，你又看不到，是在那邊裝模作樣什麼？

不過想歸想，雷娜還是拿起彈弓，擺出瞄準的姿勢。

「戴爾，把雷娜的樣子說給我聽。」

戴爾照著任凡所說的，把雷娜的瞄準姿勢描述給他聽。

任凡聽完之後，不以為然地說：「妳瞄準為什麼要閉上一隻眼睛？妳是獨眼龍嗎？」

雷娜白了任凡一眼，但也不敢多說什麼，畢竟自己可是那個在緊急情況下，將任凡射得滿頭包的人。

對雷娜來說，使用彈弓來跟鬼魂對抗，可是約翰神父親自傳授給她的秘訣，雖然準度有待加強，但是被任凡這種人這樣唸，心中很不是滋味。

想不到任凡一點也沒有停下來的樣子，繼續唸道：「使用彈弓，不能只靠眼睛來瞄，畢竟彈弓不是槍，不可能射出完全直線的彈道。妳要自己在心中描繪出一個拋物線的彈道，只有這樣，才能更加準確地使用。」

聽到任凡一副自以為很懂的模樣，雷娜終究忍不住，一臉不以為然地說：「說了一堆長篇大論，你那麼厲害，你射啊！」

話才剛說出口，雷娜就後悔了。

雷娜當然知道任凡看不見，這樣的話等於是跟一個腳瘸了的人嗆聲說要比賽跑一樣，壓根是欺負人，如果不是一時氣憤，雷娜也不會這樣說，所以當話說出口後，雷娜立刻後悔了。

豈料任凡只是聳聳肩，從後面的口袋將自己的彈弓拿出來。

雷娜看到任凡手上的彈弓，臉訝異地說：「你為什麼也會有？」

任凡沒有回答，從地上撿了兩顆石頭，然後將其中一顆向前方輕輕地拋了出去。

雷娜還看得一頭霧水，只見任凡迅速地搭起弓，一個勁射，竟然準確地命中了那顆被拋出去的石頭。

兩顆石頭在空中撞擊，還產生了火花，看得雷娜與戴爾目瞪口呆。

這一手自拋自射，對任凡來說，是非常基本的功夫。

畢竟東西是自己丟的，力道或者位置都是自己可以控制的。

所以即便看不到，任凡也射得中，而且還相當游刃有餘。

畢竟這可是當年每逢過年過節，任凡必定會在道觀裡，應眾人要求表演的拿手絕活。

這手絕技，任凡一表演就是好幾年，後來更演化成蒙眼自拋自射，當年第一次表演時，所有人看了可都是讚不絕口呢。

雖然一直都是這一百零一招，但每次任凡表演時，都還是能讓天威道長笑開懷，滿心歡喜地稱讚。

「妳看過約翰射彈弓嗎？」任凡轉過頭來問雷娜。

雷娜張大了嘴，緩緩地搖頭。

「妳以為約翰是看誰射彈弓才知道的？」任凡冷冷地說：「雖然妳的彈弓不好，所以會射不準也是正常的，但是妳的瞄準也一堆問題，不應該全部都怪彈弓不好。」

雷娜這時已經完全沒有立場回嘴了，光是這一手自拋自射的功夫，雷娜就很清楚地了解到，任凡的確有資格指教自己彈弓該怎麼使用。

「我給妳的意見是，」任凡淡淡地說：「在妳確實提升準度之前，還是別把彈弓拿出來用比較好。」

任凡說完之後，不再理會雷娜，轉向戴爾。

任凡將待會他希望戴爾去做的事情，告訴了戴爾。

而一旁的雷娜，腦海裡不斷出現的是剛剛任凡告訴她的話。

雷娜拿出彈弓，照著任凡所說的那樣，試圖在腦海中描繪自己的彈道。

瞄準妥當之後，雷娜射出石頭，果然真的如任凡所說的那樣，石頭在空中形成了一道拋物線之後，準確地射中了目標的樹幹。

「我中了！」雷娜開心地說：「真的打中了！」

想不到轉過頭來看著兩人，兩人卻一點都不關心雷娜這邊。

在交代完要戴爾做的事情之後，任凡轉過身來對雷娜揮了揮手。

「走吧。」任凡冷冷地說。

「喔。」雷娜自討沒趣地嘟著嘴。

兩人跟戴爾分別之後，開始朝著森林最中心的地方前進。

5

——森林中心。

原本茂盛的森林，在這裡出現了一小塊特別不一樣的區域，一片草原上只有一棵大樹矗立於其中，看起來格外莊嚴，彷彿這裡是禁止進入的聖域般。

這是這座森林裡，最大的一棵樹，就好像這個森林的王者一樣。

草原外圍，包圍著這棵大樹的其他樹木上，零星倒吊著幾個活人與幾隻鬼魂。

這些都是闖入這片森林的不速之客。

在那棵堪稱森林之王的大樹下，葛雷就站在那裡。

過去的一切，就好像昨天才剛發生一樣，歷歷在目。

即便經過了百餘年，但那股恨意卻絲毫未減。

這股恨意，讓葛雷主宰著這座森林的一切。

這股恨意，也讓這片森林有了扭曲又血腥的一面。

這些年來，已經不知道有多少無辜的人與鬼魂，慘死森林中。

這還是第一次有人可以在被包入樹幹之後，仍然能夠活下來的。

這個人不但解決了被森林控制的女人肉身，還從樹幹中逃了出來，而葛雷也非常清楚，那人正朝著這裡而來。

這對葛雷來說，是個等待許久的對手。

他一直希望可以有個對手，讓他好好地虐殺，而不是一被拖進來，就只會尖叫等死，那一點也沒有辦法滿足他心中無法宣洩的恨意。

這份恨意，造就了葛雷，給了他一股強大的能力，就算是在別的地方，葛雷的這份能力早就已經讓他足以對付任凡了，更何況這裡還是他的地盤。

葛雷靜靜地等待著，等待著這個值得他親手殺害的對手到來。

過了一會，西邊的森林有了一點騷動，一對男女從樹林中走了進來。

一看到這個被樹林環抱的小平原與中央的那棵大樹，讓雷娜感到有點驚訝，而任凡卻將頭轉向了那個站在樹下的靈體。

「年輕人，」葛雷轉向任凡，緩緩地說：「你叫什麼名字？」

眼前這個數百年來，第一次讓他生活有了些許變化的男子，葛雷想知道他叫什麼名字。

「我叫謝任凡，」任凡淡淡地說：「不過你們鬼魂們都叫我『黃泉委託人』。」

對這個死後常駐在這片森林，等於與世隔絕的葛雷來說，這個名號沒有半點意義。

但站在一旁的雷娜，聽到任凡這麼說，身體不禁震了一下，用極為不可思議的眼神看著任凡。

原來這傢伙竟然就是那個黃泉委託人！

「來吧，」葛雷對任凡揮了揮手說：「我會讓你知道，什麼叫做絕望。」

「你還真是不知死活，」任凡示意雷娜退下，然後轉向葛雷不甘示弱地笑著說：「森林，可是千爺的主場啊。」

任凡左右兩手各握著一顆陀螺，臉上浮現五味雜陳的表情說：「而我，可是千爺的壓箱寶徒弟啊！」

「啊？」葛雷當然不可能聽得懂任凡口中所說的千爺是誰。

「哇靠，」任凡苦笑道：「光是這段話，我想千爺如果還活著的話，聽到肯定會感動到痛哭流涕。」

千爺當年的臉孔，頓時浮現在任凡的腦海中。

「來吧！」任凡對著葛雷大吼。

葛雷一揮手，四周的樹林突然竄出了許多樹藤。

再怎麼說，葛雷可是這座森林的霸主，與黎安娜那種被操縱的傀儡不同，數以十計的樹藤同時鋪天蓋地襲向任凡。

然而，對任凡來說，這些樹藤都充滿了靈力，雖然看不見，但卻能清楚地感受到這些樹藤襲來的方向。

只見任凡接連左躲右閃，甚至在地上翻滾，躲避這些樹藤的襲擊。

但是葛雷也沒那麼容易放棄，一擊沒中再來一次。

數十根樹藤就這樣輪流攻擊著任凡。

任凡像個跑酷高手在拚命揮灑自己的創意般，一會滾、一會翻、一會跳、一會爬，不停地躲避這些樹藤的攻擊。

這樣單方面的挨打根本不是辦法，這點任凡當然也知道，所以任凡一直在找機會。

好不容易在樹藤近乎無間斷的攻擊之間找到了一點空檔，任凡一個轉身，完全沒有對準，就將陀螺打在地上。

千爺的主場是森林，任凡可不是隨便說說的。

對這些有法力附於其上的陀螺來說，有個引導的媒介是最重要的因子。

而這個引導的媒介，可以是任何繩索類的東西，在森林這種到處都有樹枝、樹藤的地方，媒介隨處可見，所以對善用陀螺的千爺來說，根本就是如魚得水。

只見任凡打在地上的定身陀螺，果然在跳了幾下之後，跳上一根樹藤，並且沿著樹藤直直朝葛雷而去。

雖然沒見過陀螺，更不知道它的功用是什麼，但看到任凡手上丟出了一個東西，並且開始朝自己這邊而來，葛雷當然不敢大意，向後一退，竟然沒入了中央的大樹幹中。

定身陀螺也因為這樣，撞上了樹幹，無力地掉在地上。

想不到定身陀螺對葛雷完全沒有效果，這讓任凡不免也覺得棘手地皺起了眉頭。

而躲入樹幹之中的葛雷，見樹藤完全打不到任凡，也決定改變一下。

葛雷雖然躲在樹幹中，但樹藤仍然緊追著任凡，任凡在知道定身陀螺沒辦法制伏葛雷之後，隨手又扔下了幾顆陀螺。

或許是因為身體不斷在躲避樹藤攻擊而失去了平衡，這次陀螺打在地上之後，竟然朝外面而去，一路跑出了草原區，完全沒有靠近葛雷。

就在這個時候，任凡突然感覺到異狀，猛一縮頭，一個物體從天而降，差點就射穿了任凡的頭。

就連在一旁看著的雷娜，都不免被這突如其來的奇襲，嚇得叫出聲來。

定睛一看，才發現那個從天而降，插在地上的東西，竟然是一根粗厚又尖銳的樹枝。

雷娜猛一抬頭，發現天空不斷射下這樣的樹枝，幾乎全都對準了任凡。

現在的任凡不但要躲避地上不斷襲來的樹藤，還要注意天上掉下來的樹枝，不管任凡多麼會閃躲，被擊中恐怕也只是時間的問題而已。

雷娜不禁為任凡捏一把冷汗，但她隨即甩了甩頭。

雷娜非常清楚自己的任務，她必須趁著任凡在與葛雷對決時，趕快將其他人救下來。

雷娜爬到樹上，然後將倒吊著艾蜜莉以及把利迪亞纏得亂七八糟的樹藤割斷，救下了艾蜜莉與利迪亞之後，跟著也把伊芙救下來。

關於雷娜正在解救其他人的這件事情，葛雷當然了然於胸。

只是對他來說，眼前最重要的是任凡這個敵人，只要解決了這個男人，其他人是逃不出森林的。

因此雷娜在毫不費力的情況下，順利救出了一人一鬼一靈貓，可是輪到傑夫時，雷娜卻猶豫了。

她很擔心一旦放下了傑夫，他會不會又跟先前一樣，突然攻擊任凡或自己。

不過在猶豫了一會之後，雷娜還是將傑夫放了下來。

傑夫一醒過來，立刻掙扎地站了起來。

「走開！」傑夫彷彿失心瘋般地叫道：「不要抓我！不要抓我！」

這樣的場景簡直跟當時的雪儂如出一轍，伊芙靠過去想讓傑夫冷靜點，誰知道傑夫突然用力推開伊芙，然後往外跑了出去。

伊芙被傑夫這麼一推，整個人跌坐在地上，好不容易爬起來，正想去把傑夫拉回來，豈料這時就傳來了傑夫的慘叫聲。

伊芙跟雷娜正準備追上前去看，卻見到一顆頭顱緩緩地滾了回來，兩人定睛一看，這是傑夫的頭顱。

這正是葛雷完全不管雷娜這邊的原因，只要葛雷還活著，即使其他人想趁機溜走，葛雷也可以隨時控制森林的其他地方，將他們殺了。

就在傑夫的頭顱被掰斷的同時，場中央的任凡也知道這樣躲下去實在不是辦法，所以從後面的口袋，掏出了彈弓。

任凡一邊跑，一邊對著大樹射擊。

一連射了好幾發，都沒有射中大樹，但卻力道十足，只見任凡射出去的彈丸，全都從大樹旁邊穿了過去，直直沒入大樹後方的森林中。

看到場中央的任凡開始用彈弓攻擊，卻一直沒能射中大樹，讓雷娜想起了自己也有彈弓。

雖然就在剛剛任凡跟雷娜抵達這片草原之前，任凡已經再三交代過雷娜。

「不管發生什麼事，妳都絕對不准出手。」任凡一臉嚴肅地對著雷娜說：「如果妳貿然出手，很可能會害死我，甚至害死在場的所有人。」

所以即便打從一開始就看到任凡一直處於弱勢，雷娜也只能在旁邊乾瞪眼。
現在又看到任凡始終射不中那棵大樹，讓雷娜也著急了起來。
她拿出彈弓，心想那麼大的一棵樹，自己沒理由打不中啊！
心意已決的雷娜，伸手到隨身的袋子裡，準備拿出一個十字架來射擊時，赫然發現自己袋子裡的十字架全都不翼而飛了。
她印象中自己還有一大把的十字架啊，為什麼會全部不見了呢？
場中央的任凡，仍然繼續一邊躲避著葛雷的攻擊，一邊拚命地朝著大樹射擊。
這時雷娜定睛一看，才發現任凡所用的，不正是自己失蹤的十字架嗎？
他到底是什麼時候偷走的？
就在雷娜納悶時，速度已經很明顯慢了下來的任凡，突然一個踉蹌，被樹藤絆了一下。
一直在場邊看著，替任凡緊張的三位女子們，不約而同地倒抽了一口氣。
任凡好不容易保持住平衡，沒有因此摔倒，但也打亂了節奏，只見一根從天而降的樹枝，筆直地射向任凡。
好不容易保持住平衡的任凡，根本來不及閃躲，樹枝就這麼準確地刺中了任凡，任凡也倒了下來。
「不！」

艾蜜莉叫著，正準備衝出去，卻被雷娜制止了。

「不行！」雷娜阻止了艾蜜莉：「現在還不能出去！」

雖然阻止了艾蜜莉，但雷娜自己也為倒在地上的任凡而擔憂不已。

兩邊相隔一段距離，所以根本看不清楚任凡到底被樹枝刺中了哪裡。

草原中央的大樹，葛雷的身影再度浮現出來，朝著任凡過去。

遠處倒在地上的任凡，仍然動也不動地躺在地上。

「一切都結束了。」葛雷淡淡地說。

這一下幾乎宣告了這場戰鬥的終結，就算任凡沒被樹枝刺死，受了傷的他肯定也沒辦法再像先前那樣，順利躲過葛雷的各種攻擊。

就在葛雷與在場的其他人都這麼想的同時，地上的任凡突然一個翻身，順手打出了兩顆陀螺。

想不到任凡完全沒有受傷，這雖然讓葛雷略感驚訝，但並不等於改變了整個戰局。

害怕陀螺又朝自己而來，葛雷稍微退了幾步，這個時候，地上的任凡卻向後做出了拉扯的動作，葛雷也跟著有了片刻的停頓。

這是怎麼回事？

不只在場外屏息看著兩人戰鬥的三人完全無法理解，就連葛雷自己也是莫名其妙。

任凡的這一個拉扯，不僅讓葛雷頓住，就連那兩顆打在地上的陀螺，也跟著凌空飛起。

「這次換你踏入陷阱了。」任凡淡淡地笑著說。

「這是……」

任凡將兩隻手舉了起來，握拳的雙手上，密密麻麻地佈滿了紅色的細絲。

「我早就說過了，」任凡笑著說：「森林可是千爺的主場啊。」

原來早在兩人前來之前，任凡就已經偷走了雷娜那一袋用來當成武器的十字架。

任凡在十字架上面，綁上一條條比朱紅索還要細上數倍的朱紅絲。

任凡躲避著葛雷的攻擊，並且用彈弓射出十字架，其實目的本來就不是為了射擊那棵藏有葛雷的大樹，而是彷彿像蜘蛛一樣在吐絲佈網。

等到準備得差不多之後，任凡才假裝自己被樹枝射倒，將葛雷引出來。

葛雷出來之後，任凡將這些早就已經佈好的絲網一扯，葛雷就被困在其中，就連地上的陀螺，也被這些朱紅絲帶了起來，看起來就好像真的騰空一樣。

現在的葛雷被朱紅絲困住，彷彿被黏在蜘蛛網上的獵物一般，動彈不得。

「其實江湖上的人，根本就不了解千爺，」任凡苦笑道：「大家以為千爺最擅長的是陀螺，其實千爺更會操繩弄鞭，因為這些都是操縱陀螺最重要的東西啊。」

想不到戰況會在一瞬間，被任凡逆轉，葛雷整張臉都垮了下來。

任凡雙手一轉動，絲網的間格立刻收縮，將葛雷給綁了起來，兩顆陀螺不停朝葛雷轉了過去。

葛雷見兩顆陀螺朝自己靠過來，猛力地掙扎。

但朱紅絲上面附有法力，本來就是專門制伏鬼魂用的法器，怎麼可能這樣掙扎就輕易鬆脫。

眼看著死亡將再度襲來，葛雷心中的怒火熊熊燃起，卻也無能為力。

就在陀螺碰觸到葛雷的前一刻，原本緊收的絲網突然鬆動了一下，葛雷猛然向下一躲，兩顆陀螺掠過葛雷的頭頂，在空中互相碰撞，沒能順利打中葛雷。

這一下完全出乎所有人的意料，觀戰的三人原本以為最後勝利的終究是任凡，誰知道竟會與勝利女神擦肩而過，讓葛雷順利死裡逃生。

三人一起看向任凡，詫異的表情全都寫在臉上。

只見任凡捧著自己的肚子，一臉痛苦萬分。

其他兩人還不曉得到底發生什麼事，但艾蜜莉一眼就知道事情不好了。

任凡一臉痛苦，心中暗自叫苦。

不會吧！竟然在這個時候……可惡！

「糟了！」艾蜜莉叫道：「大哥哥的死神印記發作了！」

伊芙與雷娜完全不知道什麼是死神印記，一臉不解地看著艾蜜莉。

一時之間，艾蜜莉也急得不知道該怎麼跟兩人解釋，因為艾蜜莉非常清楚，死神印記一旦發作，任凡幾乎可以說是完全喪失戰鬥能力，只能任由葛雷宰割了。

另外一邊，死裡逃生的葛雷，心中的怒火已經一發不可收拾。

渾身散發出來的黑氣，正宛如地獄走出來的修羅般，惡狠狠地瞪著跪倒在地上的任凡。

眼看葛雷來勢洶洶，任凡陷入了危機，這下艾蜜莉再也忍不住了，一股腦地衝了出去。

雷娜來不及阻止艾蜜莉，想不到一旁的伊芙見到艾蜜莉衝出去，竟然也跟著一起衝了出去。

雷娜見狀，也管不了那麼多，只能也跟著兩人衝出去。

三人陸續趕到任凡身邊，任凡的腹部散發出大量的黑氣。

眼看葛雷怒火中燒，正朝著這邊一步步靠近。

艾蜜莉衝到任凡前面，張開雙手，擋在任凡面前。

「不要殺大哥哥！」

利迪亞也在艾蜜莉身邊，對著葛雷發出充滿敵意的低鳴嘶聲。

可是光是這樣，根本不可能阻止得了葛雷。

「我不只要殺他，」葛雷惡狠狠地說：「就連妳們也別想活著出去！」

葛雷說完之後怒吼了一聲，正打算朝任凡這邊衝，想不到下一秒卻出現了出乎眾人意料之外的景象。

不知道是不是葛雷這聲怒吼太過於驚天動地，只見葛雷的頭，竟然在怒吼完之後，咕嚕一聲，滾到了地上。

這個驚人的轉變，不只艾蜜莉三人覺得驚訝無比，就連葛雷自己掉在地上的頭顱，也是一臉驚恐與疑惑。

這……到底是怎麼回事啊？

第8章·真相

1

早在任凡與雷娜兩人來到這片草原之前，任凡特別將一件任務交代給戴爾。

「你要我做什麼？」得知任凡有別的任務給自己，戴爾問任凡。

「二十年前，我曾被困在像這樣的森林裡，」任凡摸著下巴說：「所以我知道這種森林大概是怎麼回事，這點不管在東方還是西方都一樣，就好像怨念這種東西是不分國籍的，所以我等等去跟這座森林的主人對抗，目的完全只是為了拖住他，並且吸引他的注意力而已。」

戴爾點了點頭。

「真正的關鍵，在你身上。」任凡認真地說：「這片森林裡，有一棵樹之中，埋有一個叫葛雷的人的屍骨，就跟我剛剛被樹幹吞沒的情況一樣。」

聽到任凡這麼說，戴爾皺起了眉頭，這片森林裡的樹木沒有一萬也有五千，要從這裡面找到一棵包有葛雷屍骨的樹幹，簡直比大海裡撈針還要困難。

所幸任凡並不是真的要戴爾在大海裡撈針，從任凡所知的現有情報，大概可以推測出葛雷屍骨所在的樹幹，大約在森林的哪一區。

在任凡將大略位置告訴戴爾之後，兩人便分頭進行，任凡想辦法去對付、拖住葛雷的魂魄，讓戴爾有機會去尋找葛雷的屍骨。

一旦葛雷的屍骨跟樹幹分離，那麼到時候葛雷也會失去控制森林的能力，如果只剩下葛雷一個人，會比整片森林還要好應付許多。

戴爾照著任凡所給的線索，穿過當年丟棄病患的區域之後，來到了被病患區包圍的這塊地方。

依照任凡所說的話，葛雷的屍體肯定就在這塊區域的樹林之中。

戴爾沒有時間一棵棵檢查，只能盡可能從外觀推斷裡面有沒有可以包裹屍體的空間。

終於在繞了幾圈之後，戴爾找到了一株很可能藏有葛雷屍骨的樹幹，他蹲下來敲了一下，確定裡面真的跟任凡當時一樣，有種中空的聲音。

這一次，戴爾不需要在意會不會劈死裡面的人了，畢竟就算葛雷真的埋藏在裡面，他也早就往生了。

戴爾把握時間，用力朝樹幹劈了下去，果然劈沒幾下，就看到裡面確實別有洞天。

在確定了之後，戴爾更是拚了命地砍，結果一個不小心力道太大，竟然直接劈開了樹幹，連同葛雷的頭也一起劈了下來。

與此同時，在任凡與葛雷對決的草原上，葛雷的頭顱也跟著滾落。

在經過一陣錯愕之後，葛雷立刻知道是怎麼一回事了。

「你居然派人去挖我的屍骨！」葛雷咬牙切齒地說。

葛雷試圖想像過去一樣，控制森林去阻止戴爾。

但不管葛雷怎麼努力，戴爾附近的樹木仍然不為所動，任憑戴爾不停砍著那棵包有葛雷屍體的樹幹。

當然，葛雷不可能知道，就在剛剛任凡躲避著自己攻擊時，看起來好像丟歪的陀螺，其實是在這片草原的外圍繞了一圈。

綁有朱紅絲的陀螺，已經將整片草原包圍，中斷了葛雷與這片森林其他地方的連結。

一向擅長將人困在森林裡宰殺的葛雷，今天反而被任凡用朱紅絲困在自己最熟悉的這塊區域裡。

葛雷雖然痛恨，但也無可奈何。

另外一邊的戴爾不但將葛雷的頭顱劈斷，就連屍骨都整個挖了出來。

就在葛雷的屍骨被戴爾從樹幹中挖出來的同時，草原上的葛雷，身上也產生了巨變。

只見葛雷痛苦地哀號著，下一秒鐘，便看到一個接著一個的靈體，從他的身體裡竄了出來。

這些都是過去在這片森林中枉死的靈魂。

他們不管是含恨而死、還是恐懼而亡，最後都被葛雷吸收，成為他力量的泉源。

由於葛雷的屍骨已經不再深埋於樹幹之中，因此也失去了對這片森林的控制力。

這些鬼魂在葛雷失去了控制力之後，紛紛從葛雷體內飛了出來。

失去了這些鬼魂，葛雷的力量不再強大，可是即便如此，光是葛雷自己本身的力量，也已經是黑靈的等級，一個斷了頭的黑靈。

知道戴爾那邊已經成功的任凡，強撐著最後一口氣，對著雷娜說：「接下來就靠妳了。」

任凡將自己最常用的彈弓交到雷娜的手中，並且把他從雷娜手上偷來的十字架還給雷娜。

將這些東西交給雷娜之後，任凡終於受不了死神印記所帶來的劇烈疼痛，暈了過去。

力量大幅被削弱的葛雷，怒火卻絲毫未減，就算今天真的是他控制這片森林的最後一日，他也要殺了眼前的這幾個人，以消心頭之恨。

葛雷提著自己的頭顱，對準了眾人。

由於葛雷提著自己頭上的頭髮，導致頭顱有點搖晃。

才剛踏出幾步，葛雷的身體也跟著搖搖晃晃。

對葛雷來說，人頭分離是一種全新的體驗，還沒有辦法像過去一樣行動自如。

這對雷娜來說，是最好的機會。

看著手上任凡的彈弓，把手的部分已經被任凡握出了痕跡。

可見這個彈弓任凡不知道已經使用多久了，所以就連把手都已經握到跟手型完全貼合了。

回想起當時任凡那自拋自射的一手絕技，可不只是花俏而已，背後不知道藏著多少時間的苦練。

一想到這裡，雷娜對自己一開始對任凡的輕視，感到無比的歉意。

不過現在不是自我檢討的時候，雷娜緊緊握住任凡交給她的彈弓，將一枚十字架架在皮筋上，緩緩地拉開彈弓。

習慣成自然的雷娜，又閉上了一隻眼睛。

雷娜心中想起了任凡曾經說過的話。

「使用彈弓，不能只靠眼睛來瞄，畢竟彈弓不是槍，不可能射出完全直線的彈道。妳要自己在心中描繪出一個拋物線的彈道，只有這樣，才能更加準確地使用。」

雷娜張開了另外一隻眼睛，然後在心中描繪著那道即將射出的軌道。

另一邊的葛雷這時似乎已經慢慢習慣了方向跟控制，重新對準了眾人所在的地方，猛然衝了過來。

雷娜非常明白，機會只有一次！

只要葛雷衝過來，自己失手的話，下場很可能是所有人都死在這裡。

雷娜抿著嘴，對準了葛雷之後，將手一放，十字架立刻射了出去。

一道銀色的光芒劃破了葛雷與眾人之間的空間，十字架準確地射中了葛雷的胸口。

強勁的力道與十字架的神聖力量彷彿一把巨鍾般，將葛雷整個人射退了好幾步。

「嗚啊——」葛雷痛苦地哀號。

雖然自己成功命中了葛雷，但雷娜毫無經驗，不知道這樣的打擊是不是真的就可以制伏像葛雷這樣的怨靈。

所以雷娜不敢大意，趕緊又射出一發，然後又是一發。

十字架不斷地射在葛雷身上，葛雷的身形也在這陣十字架砲火下，逐漸消散。

草原上，只剩下葛雷的哀號聲，迴盪在森林之中，久久未能散去。

2

西方的希布羅林村。

就在雷娜用彈弓將十字架準確地射在葛雷身上的同時，一陣淒厲的哀號響徹雲霄。

這一聲不僅叫醒了村落的居民，也喚醒了沉睡已久的森林。

脫離控制的森林，在釋放了恨意、怨念與鬼魂之後，也逐漸甦醒，恢復原本應有的面貌。

那片被枝葉徹底遮蔽，毫無光線的夜空，在晚風的吹拂之下，枝葉之間產生了縫隙，月光透過縫隙灑了下來，讓此刻的森林不再陰森，反而有種說不出的韻味。

遠處森林的方向，先是傳來了一陣哀號，緊接著又是一連串騷動的聲音。

許多村民紛紛醒了過來，站在自家門前看著東邊森林傳來的異象。

「爺爺，爺爺！」村裡其中一戶人家的小男孩興奮地叫道：「快點起床，跟我過來一下，快來呀！」

老先生被自己的小孫子吵醒之後，半強迫性地走到了家門口。

最先讓老先生感到驚訝的是，三更半夜的，村子裡竟然毫無缺席，每一戶人家全都站到了門外，並且全部看著同一個方向。

「爺爺，你快看，東邊的森林！」小男孩指著森林的方向叫道。

那座森林，是每個村民從小就被再三囑咐絕對不能靠近的地方，這樣的禁忌已經維持了好幾代。

在小孫子的催促下，老先生抬頭一看，這才知道為什麼大家會在大半夜，站到門外看向同一個地方。

只見遠處有許多大小、形狀不一，白色煙霧狀的東西，從森林裡一個又一個不斷地飄散出來，緩緩向天空飛去。

雖然詭異，但景致之美，讓許多村民不禁發出驚嘆的聲音。

而老先生更是瞪大了雙眼、張大了嘴，內心五味雜陳，不敢置信地看著眼前這幅奇景。

天啊，終於……

看著眼前的景象，老先生的腦海中不自覺地浮現出當年自己的奶奶告訴過他，一個關於那座禁忌森林的悲慘故事，以及真實發生在自己身上的不幸。

很久以前，一場恐怖的瘟疫蔓延了全歐洲，這個村子當然也無法倖免，當時村民們為了自保，將染病的人們隔絕在那座森林裡，這或許也是不得不的做法。

然而真正令老先生難以接受的是，奶奶的曾祖父，在瘟疫盛行的那個時候，竟然因為私心，將自己沒有得病的父親遺棄在那座森林裡。

雖然事後奶奶的曾祖父感到後悔，但他也不敢再踏進那座森林半步，最後他的父親終究沒有回到家裡。

而奶奶的曾祖父，雖然沒有染上瘟疫，卻也在幾年後生了一場怪病去世。

後來，雖然瘟疫受到了控制，但關於那座森林的恐怖傳聞卻不斷地增加，而那片森林在被冠上了「死亡森林」的稱號後，也自然而然變成了一個禁地。

回想起來，現在村子裡大概只剩下老先生一個人知道死亡森林的故事了。畢竟故事傳來傳去總會失真，而且時間越久也越難以被人採信。

如今不能接近那座森林的禁忌流傳了下來，但其中的原因，卻已經被說成是因為很容易迷路，而且裡面還有兇猛野獸，所以幾乎都是一進去就出不來了。

不過，反正只要能夠達到效果，事實究竟為何似乎也不是那麼重要。

然而，雖然村人們不斷被告誡絕對不能靠近森林，但就在幾年前，老先生的親生兒子在婚後帶著一家三口回來探望自己時，媳婦卻因為是外地人，對這裡的情況並不了解，而誤闖進森林。

為了尋找妻子，老先生的兒子不顧反對，堅持要進森林找人，結果就這樣，兩人留下了一個幼子，再也沒有從森林裡出來過。

這件事對老先生的打擊非常大，悲痛萬分的他，至今仍然不敢將實情告訴自己的小孫子。

原本老先生還在猶豫，等小孫子再長大一點，是不是要把所有事情的真相，包括那座森林的故事，全部告訴他。

但現在看起來，那些似乎都已經不重要了。

「好漂亮喔，」小男孩天真地說道：「爺爺，那到底是什麼啊？」

老先生非常清楚，眼前那些不停向上飄去的白色物體，正是被困在森林裡的靈魂，終於獲得了結。在那些靈魂裡，包含了這裡許多村民們的祖先，或許，也包含了自己的兒子與媳婦。

「是可憐又美麗的靈魂……」

老先生說完之後，跪倒在地上。

看著那些飛向天際的靈魂，想到兒子和兒媳兩人終於能夠投胎，獲得重生的機會，老先生再也無法自已，臉上滿是淚水。

3

因為死神印記發作而暈倒在地上的任凡，讓雷娜與伊芙兩人緊張不已。

完成任務的戴爾，正要回到眾人身邊，卻被草原周圍的朱紅絲隔絕在外。

發現原因是出在地上的那些紅線之後，戴爾請雷娜將它們收走，這才終於得以進到裡面。

而在收拾朱紅絲時，雷娜也一併將任凡打出去的陀螺都撿了回來。

在與葛雷對決之前，任凡好幾次提到千爺，想必這些東西對任凡來說別具意義，因此雷娜小心翼翼地將它們都收好。

戴爾回來之後，得知死神印記發作，也是愁眉苦臉。

在這段時間裡面，艾蜜莉告訴了雷娜與伊芙關於死神印記的事情。

戴爾看了看任凡的腹部，緩緩地搖了搖頭說：「看樣子不行，任凡可能沒有時間了，死神印記很可能……」

利迪亞緩緩地走到了任凡旁邊，輕輕地舔舐著任凡的臉，但任凡依舊毫無動靜。

「現在要到哪裡去找個逃跑的鬼魂啊？」艾蜜莉著急得跺腳。

「對了！」戴爾這時才想起眾人此行的目的：「露絲的妹妹！啊！」

被戴爾這麼一提，艾蜜莉也才突然想到，自從眾人被拖入森林之後，就一直沒有見到那個委託人大嬸了。

「對了，那個大嬸呢？」艾蜜莉四處張望了一下，都沒有見到露絲的蹤跡。

這時大夥才想到，一路下來，都沒有人在森林中遇到露絲。

「不管了，」戴爾當機立斷地說：「事到如今也沒有辦法了，從這印記的狀況看起來，任凡的時間可能不多了，我們還是必須快點趕去。我們現在真的也只能走一步算一步了。」

戴爾本來想要揹起任凡，但是今晚與陽世間的樹木接觸太過頻繁，早已讓他元神大傷。

此時伊芙二話不說，將任凡揹了起來。

對伊芙來說，任凡三番兩次救了自己的命，如果不是任凡，先不要說自己能在這片森林存活多久，光是黎安娜那突如其來的一鞭，就足以讓她跟雪儂一樣分成兩半。

而且任凡為了救她，還被傑夫狠狠劃了一刀，這些都讓伊芙不願放下任凡不管。

伊芙意外有力地揹著任凡，在戴爾的引領下，眾人一步步走出這片殺人不吐骨頭的鬼森林。

看見伊芙揹著任凡的模樣，雷娜心中有那麼一點點不愉快的感覺。

這點，就連雷娜自己也不知道為什麼。

4

當東方的天空露出了魚肚白，眾人也終於穿越森林，來到森林東邊的小城市——特魯瓦蓬。

眾人一離開森林，就見到了一名中年婦人朝這邊而來。

「你們沒事吧？」來的不是別人，正是委託人露絲大嬸。

露絲告訴眾人，當大夥一起被拉進去森林時，她也跟大家一樣被拉了進去。

那些樹藤將她倒吊在一棵樹上，她完全無法掙脫，還以為這次真的就要死在那片森林裡了。

不過不知道為什麼，就在不久之前，綁住她的樹藤，突然鬆開。

所以重獲自由的她，趕忙逃離森林，在這裡等待其他人。

眾人因為擔心任凡的安危，所以要露絲快點帶路，到這次委託的目的地。

如果在時限內，任凡沒有找到從潘朵拉之門逃出來的鬼魂，並且將他制伏的話，任凡就會被死神印記折磨至死，並且在死後成為死神的永久奴隸。

眾人在露絲的帶領下，終於來到委託的地點。

雷娜敲了敲門，等了好一陣子卻完全沒有等到人前來回應。

知道事情嚴重性的伊芙，早豁了出去。

一路揹著任凡的她，也沒問過別人，一抬腳就將門踹開。

眾人這時也管不了那麼多了，全都一起衝進屋子裡。

大夥衝進屋內之後，所有人都同時愣住了。

沒有，什麼都沒有，整間房子是空的。

「……為什麼？」艾蜜莉絕望地問。

露絲緩緩地搖了搖頭說：「不知道，會不會是，他們又搬走了？」

聽到露絲這麼說，眾人臉上都寫著絕望。

這下真的完了。

眼下根本不可能馬上又找到一個來自潘朵拉之門的惡靈，交給死神一二九。

「我們在森林裡，浪費太多時間了。」戴爾哭喪著臉說。

「不要！」艾蜜莉哭了出來叫道：「我不要大哥哥死掉！」

利迪亞繞著艾蜜莉磨蹭，似乎正在安慰自己的小主人。

而感到絕望的伊芙，這時也無力地坐倒在地上，愣愣地放下任凡。

看著眾人哀戚萬分的模樣，露絲不自覺地揚起了嘴角，露出微笑。

「現在得意不會太早了嗎？」一個熟悉又清楚的聲音冷冷地說。

一聽到這個聲音，眾人全都嚇了一跳。

只見戴爾兩隻眼睛，直直地瞪著露絲，所有人也都跟著看了過去。

因為這一切來得突然，露絲嘴角仍然殘留著那抹不懷好意的微笑。

任凡從地板上坐起身來，緩緩地搖了搖頭。

「大哥哥！」艾蜜莉一臉驚訝地看著任凡。

「我早就猜到這裡根本什麼人都沒有，」任凡淡淡地說：「其實，妳真正的目的是要引誘我們走進那座森林，火車也是妳故意讓它在那裡拋錨的吧？」

「你、你……」露絲尷尬地笑著說：「你在說什麼，我聽不懂。」

「哼，」任凡冷笑著說：「那妳要不要解釋一下，為什麼看到我命在旦夕，妳的嘴角卻浮現出笑意？」

這點，在場的所有人的確都看到了。

「你看得見？」露絲沉著臉說：「你是裝瞎的？」

「不，」任凡站起身來說道：「我是裝死，瞎倒是真的瞎了，只是我早就告訴過戴爾了，要他隨時注意妳的表情，一旦妳在最詭異的時刻露出笑容，戴爾就會用小動作暗示我，讓我知道。」

除了戴爾正用一對憤怒的雙眼，瞪著露絲之外，其他人根本就還搞不清楚眼前到底是怎麼回事。

任凡轉向伊芙，微微地鞠躬說道：「真是不好意思，其實我中途就已經醒來，還讓妳揹了我那麼久，但是如果我不裝死，這傢伙就不會現身。」

伊芙看到任凡沒事，開心都來不及了，當然不會介意這樣的事情，只是在場的所有人中，就屬她最狀況外，完全不知道現在到底是什麼情況。

「妳的目的，」任凡重新轉向露絲說道：「其實就只是想把我騙進森林，然後讓我死在森林中。」

「沒那回事。」露絲搖著頭說：「這樣做對我有什麼好處？況且決定要穿過那片森林的人根本就不是我，而我自己不也進了那片森林嗎？」

「決定要穿越森林的是誰，」任凡聳了聳肩說道：「那一點都不重要，如果妳不提出這一條捷徑的話，我們也不會考慮要這麼做吧？」

「至於對妳有什麼好處，我現在還不知道，」任凡淡淡地說：「但那片森林，妳打從一開始就不是本人進去，而是分身。」

聽到任凡這麼說，所有人都轉頭看向露絲。

「分身對你們鬼魂來說，並不是很困難，只要耗損一些元神，大部分的鬼魂都辦得到。」

「你有什麼證據這麼說嗎？」

「我們這裡的每個人，」任凡比著屋子裡的人與鬼說：「都經歷過一場血戰才存活下來，妳為什麼可以毫髮無傷？」

「我也不知道，」露絲說道：「我只知道我被樹藤纏住之後，就一直被困住，這些我都跟他們說過了，難道你對我的指控就只因為我順利逃出森林嗎？」

「當然不只這些，」任凡搖搖頭說：「打從妳一開始找上門，我就覺得妳不安好心，一個會利用小孩子同情心的女人，絕對不是妳外表所呈現出來那和藹大嬸的模樣。如果讓我來說的話，我會說打從一開始就根本沒有妹妹這個人，不，應該是說，過去或許的確有妹妹這個人，但就算有，也早就被妳解決了吧？」

「不，」露絲猛然搖頭說：「我是真的要請你們來阻止我妹妹的。」

艾蜜莉的小腦袋，在任凡與露絲兩人你一言我一語之下，一會看他一會又看她，轉到頭都暈了。

「你們把我搞得好混亂喔！」艾蜜莉氣呼呼地說：「你們給我一個交代！」

聽到艾蜜莉這樣叫著，任凡跟露絲都停止了爭辯。

艾蜜莉鼓著嘴，打量著所有人，然後轉向了露絲。

「所以，」艾蜜莉皺著眉頭問露絲：「妳是壞人嗎？」

聽到艾蜜莉這樣問，任凡的嘴角浮現出一抹邪惡的微笑。

「也有可能是我猜錯啦，」任凡在旁火上加油地說：「不過，等等死神一二九就會為了取我的性命而來，妳是不是潘朵拉之門裡的鬼魂，我想我們很快就會知道。妳完全不需要解釋，只要靜靜地在這裡等著就可以了。」

露絲聽到任凡這麼說，整個臉都垮了下來。

「我可是拿我的命來跟妳賭啊，」任凡沉著臉說：「猜錯的話，我不但得賠上一條命，還會成為死神的奴隸直到天荒地老啊。」

露絲鐵青著臉，雙眼直直瞪著任凡。

任凡沉著臉，將兩手插到口袋中，一副不打算跟露絲多做無謂爭辯的模樣。

一股凝重的氣氛壓著眾人，所有人都在等待露絲的回答。

情況正如任凡所說的，等死神一二九前來向任凡索命時，一切答案都會揭曉。

可是，如果露絲真的如任凡所料，那麼現在將會是她最好的逃脫機會，這點，露絲比任凡還要清楚。

「為什麼？」

露絲哭喪著臉，一臉委屈的模樣，低下了頭。

下一瞬間，露絲猛然抬頭，伸出手朝艾蜜莉抓去。

這一下來得極快，眾人完全來不及反應，但任凡早等著露絲出手了。

只見任凡猛一拉手，露絲立刻摔倒在地上。

原本還打算偷襲艾蜜莉，然後趁大家想要拯救艾蜜莉時，趁亂逃走的露絲，想不到自己會被反將一軍。

「妳真的覺得我會毫無準備就逼妳翻臉嗎？」任凡冷冷地說：「妳給我一個陷阱踩，現在換我還妳一個了。」

原來任凡早在剛剛躺在地上時，就已經將朱紅絲套在露絲腳邊，只要隨時一拉，就可以纏住露絲的腳。

「連下手都挑小孩，」任凡不屑地說：「妳就是這樣對待妳妹妹的吧？表面上好像很擔心她，實際上一肚子壞水。」

「妳是壞人！」艾蜜莉氣呼呼地指著露絲說。

露絲被任凡拉倒之後，準備回身再撲，想不到眼前掠過一個白影，整個人竟然動彈不得。

原來任凡沒給露絲任何機會，定身陀螺趕在露絲反抗之前，已經在她頭上打轉。

想不到露絲竟是一切的始作俑者，這讓在場的所有人都覺得不可思議。

其中雷娜與伊芙因為並不是從一開始就跟眾人在一起，所以頂多只覺得驚訝，露絲看起來就好像鄰家大嬸一樣，想不到會做出這樣的事情。

不過打從一開始就跟著任凡一起與露絲接觸的戴爾，實在不知道任凡到底是怎麼看出來的。

「你是怎麼看出她說謊的？」戴爾問任凡。

「即使成為了鬼魂，」任凡笑著說：「還是保有了活著時候的習慣，所以就連說謊會產生的破綻，也沒有辦法改變。」

「就算是這樣，」戴爾苦笑著說：「想要看出她的謊言好像也不是件容易的事情。」

戴爾會這麼說，是因為露絲表面上看起來，完全就是一個好心大嬸的模樣。

「因為我有一個非常好的師父。」任凡笑著說。

——「妳是怎麼看出來的？」

當年的任凡，一臉不可思議地問著茹茵。

「破綻太多了，」茹茵推了推眼鏡說：「說話的音調、眼神的高低，你的肢體根本就一直在告訴我，你在說謊。」

類似這樣的情節，不知道在兩人之間上演了多少次。

從小到大就把唬爛當成自己的一種特別才華的任凡，卻連一次也沒能夠成功騙過茹茵。

相對地，任凡從茹茵身上，學到了看穿別人謊言的能力，當然也增進了不少騙人與演戲的技術。

「她可是個會走路的測謊機啊。」任凡苦笑地說。

「黃泉委託人，」無法動彈的露絲，咬牙切齒地說：「你不要得意，我跟你保證，我絕對不會是唯一一個想要殺你的鬼魂，你殺了安東尼，皇后不會放過你的！」

「皇后？」任凡挑眉問道。

露絲只是冷笑，不想再多說。

這時眾人身後的地板上，突然冒出了黑氣。

任凡知道，那個傢伙又來了。

果然過沒多久，死神一二九從一陣黑霧中緩緩地走了出來。

從來沒見過死神的雷娜與伊芙，在這種恐怖的氣氛及威壓感下，讓她們不但呼吸幾近停止，不敢發出任何一點聲音，就連心跳都漏了好幾拍。

任凡搔搔頭，絲毫不被死神一二九這般的登場影響。

「這是你要的鬼魂。」任凡連語調都四平八穩，彷彿在跟平常人說話的模樣。

死神一二九上前打量露絲。

就在死神一二九驗貨的同時，所有人都屏息以待，萬一任凡猜錯了，露絲不是潘朵拉之門裡的鬼魂，那麼任凡很有可能就得賠上一命。

所以在場的所有人與鬼，都緊張地等待死神一二九的鑑定。

「沒錯，」死神一二九淡淡地說：「這個的確是潘朵拉之門裡的鬼魂。」

聽到死神一二九這麼說，所有人都鬆了一口氣。

「我還以為，」死神一二九略顯不悅地說：「在那扇門後面的，都是些不得了的鬼魂，想不到還有這種弱者。」

死神一二九將披風一揮，蓋住了露絲，露絲就這樣被死神一二九收走了。

「你知道，」任凡冷冷地說：「如果你可以給我一份名單的話，我的工作會輕鬆很多。」

任凡這麼說的同時，將頭一仰，一臉理所當然的模樣，等待著死神一二九重置死神印記。

看到任凡這個模樣，死神一二九感到一肚子火。

雖然說任凡的存在，的確讓死神一二九得到了不少好處，事實上，現在的他已經是死神九十七了。

光是上一次在眾多死神面前，將死神十三當年遺落在人間的兩件物品奉上，讓死神一二九在死神界得到了極高的評價，編號也跟著往前晉升了許多。

可是最讓死神一二九受不了的，就是任凡那永遠不會垂下的頭顱，面對代表死神的自己，這種態度實在讓死神一二九倍感屈辱。

死神一二九揮動披風罩住任凡，重置了死神印記之後，死神一二九用極為冰冷的口吻說：「總有一天，我會讓你在我面前，低下你那顆傲慢的頭顱。」

「啊？」任凡挑眉說：「讓人低頭一點都不難，尤其對你這個拿著鐮刀的傢伙來說，真的不難。真正難的，是讓自己抬起頭來。」

聽到任凡這麼說，在場的所有人，都瞬間緊張起來，連動都不敢動一下。

只見死神一二九身上的黑氣突然彷彿沸騰的開水般，大量地從死神披風底下冒了出來。

「你說什麼？」死神一二九連講這句話時，在場所有人都感覺到死亡的氣息。

「是誰縱容安東尼他們家族的人，肆意捕捉這些鬼魂的？」任凡卻仍然一臉不以為然地說：「你們如果真的做好你們的工作，潘朵拉之門就不會存在了，不是嗎？」

現場瞬間沉默了下來。

死神一二九沒有回答，此刻在他的心中，正在盤算著弄死眼前這個傢伙與放他一條生路之間的利弊。

最後，死神一二九做出了決定。

「哼，」死神一二九冷冷地說：「你不要忘記自己的身分，你沒有資格指責任何人，你只是個奴隸而已，現在是，以後也是。」

死神一二九說完，整個人沒入了地板。

即使死神已經離開，但有很長一段時間，在場沒有一個人敢發出聲音。

尾聲．兩個女人

1

在森林事件過後三天。

午後的陽光，和煦地灑在街道上。

看著眼前這片溫暖的景象，伊芙感覺三天前的一切，恍如一場不可思議的惡夢。

雖然自己非常清楚，這並不只是一場惡夢。

同行的一群人，只剩下自己還活著，這無疑是場災難與悲劇。

而更讓伊芙感到不寒而慄的是，在經歷過那場災難之後，自己的雙眼常常可以看到一些不存在的東西。

這讓伊芙非常困擾。

這些都讓伊芙深刻體認到，那件在森林中發生的事，是自己這一生中，最不希望再度遭遇的事情。

可是，為什麼此刻準備要返鄉的自己，胸口卻彷彿被什麼東西壓住一般，悶到一個不行呢？

手上握著返鄉的機票，聽到機場不知道為什麼聽起來就好像在催促自己的廣播，伊芙的內心卻有種慌亂的感覺。

腦海裡浮現那個男人的模樣。

不行，至少要再一次，她想跟那個男人再見一面，確認一下自己內心的感覺。

做出決定的伊芙，轉過身去，朝著機場出口而去。

□

雷娜低著頭，看著梵蒂岡的外牆。

腦海中浮現的是那夢想與現實之間的差距。

曾經，她以為如果可以的話，她要消滅世界上所有的鬼魂，還給這個地球一個只屬於人類的世界。

但是，過去這幾天的經歷，讓雷娜知道，自己的這個想法有多麼不切實際。

因為惡靈而導致家破人亡的雷娜，在經歷過去幾天的洗禮之後，有些深信不疑的事情正逐漸在崩毀。

雷娜原以為，有朝一日當自己真的運用所學，擊敗了惡靈，自己心中的那股仇恨，就可以獲得解放。

而就在三天前，雷娜也確實用自己的這雙手，打倒了一個盤據森林數百年之久的惡靈。

本來以為藉由打倒惡靈，可以消弭自己內心的痛與恨。

可是實際上，雷娜此刻只有無限的失落感。

如果是這樣的話，自己心中那家破人亡的恨，到底要到何時才能夠平息？

雖然此刻的雷娜完全不知道答案，但不知道為什麼，雷娜有種感覺，答案很可能就在任凡的身上。

只要跟著他，雷娜相信自己一定可以找到這個問題的答案。

雷娜一直都是雷厲風行，隨心所欲的人。

她很快下定了決心，要去找任凡，並且一直跟著他，直到自己找到答案為止。

2

台灣台北陽明山上。

這裡是一位退休法師的隱居之所。

然而就在這棟房子裡，兩個過去的師姐妹，正隔著一張桌子，滿臉愁容地發著呆。

「唉……」撚婆重重地嘆了口氣。

「唉……」坐在對面的爐婆也是重重地嘆了口氣。

今天爐婆特地上山來找撚婆，一來是問個安，另外一個目的是想從撚婆這邊尋求一點意見。

「師姐妳知道，」爐婆一臉委屈地說：「我第一次當人家乾媽，這種事情我真的不懂，所以才想要來問問妳的意見。」

爐婆為了自己的乾兒子方正，特別上山來找撚婆商量。

方正離開了警界，失去了佳萱，鎮日借酒澆愁，甚至行蹤不明。

由於這樣的打擊對方正來說，有點太大了，所以就連爐婆都不知道該怎麼安慰方正，讓他度過這樣的哀傷。

「我如果有辦法的話，」撚婆搖搖頭說：「那臭小子就不會跑去歐洲啦！」

撚婆這幾個月來，也正因為任凡的事情煩惱不已。

原本每隔一兩個禮拜就會回來報告近況的小憐、小碧，也不知道為什麼，已經好一陣子沒來了，這讓撚婆有點坐立難安。

不過過去的經驗告訴撚婆，任凡應該沒事，不然再怎麼樣也會有些鬼魂來向自己報告才對。

「唉。」爐婆搖搖頭說：「這些做人家乾兒子的真不體貼，老是讓我們這些做乾媽的擔心。」

「既然妳來了，」撚婆站起身來說：「來幫師姐一下吧。」

「嗯？」爐婆一臉狐疑：「師姐妳要幹嘛？」

「幫那臭小子算命啊，」撚婆說：「再怎麼樣還是會擔心，所以這段時間，我差不多每個禮拜都會幫那臭小子算算命，看看他會不會遇到什麼困難。」

當然，撚婆的心情爐婆最能夠了解，對撚婆來說，這個乾兒子就跟親生兒子沒什麼兩樣。

今天是撚婆每個禮拜都會幫任凡算命的日子，剛好爐婆也在這裡。

兩人合體的算命，是當年三爺四婆時代最出名的神準，畢竟兩人所用的法器比較雷同，一個用香爐與香，一個用香灰。

兩人在香爐旁邊開始為遠在歐洲的任凡占卜，不一會的工夫，卦象緩緩地浮現出來。

爐婆看香煙、撚婆看香灰，兩人定睛一看，臉上立刻浮現出不可思議的表情。

「噗。」爐婆笑了出來。

「唉唷，」撚婆搖著頭揮著手說：「真是見鬼了，實在夭壽啊。」

「這……」爐婆一時之間也不知道該怎麼安慰撚婆。

兩人占卜出來的結果，完全一致的，只是這結果卻讓兩人不知道該哭還是該笑。

「好吧，」爐婆苦笑著聳了聳肩說：「說不定，那小子從歐洲回來的時候，真的帶了個人類的媳婦回來。」

「呸呸呸，」撚婆用力地揮著手說：「妳又不是不知道那小子的命格，那樣的命格犯這樣的強力桃花，我都不知道是爽到他還是苦到他。」

兩人又不約而同地看著占卜的結果，臉上同時浮現出哭笑不得的表情。

3

「哈啾！」任凡打了一個大噴嚏，一臉無力地揉了揉鼻子。

是天氣太冷了嗎？怎麼會突然鼻子跟耳朵都那麼癢，該不會是感冒了吧？

任凡在心中想著，一旁的艾蜜莉卻執意在旁邊哀求著。

「大哥哥，」艾蜜莉嘟著嘴說道：「你說好不好啦？」

「啥啦？」任凡懶洋洋地說。

「你繼續當黃泉委託人嘛，」艾蜜莉哀求著：「好不好嗎？」

「再說啦。」任凡聳了聳肩說。

對艾蜜莉來說，黃泉委託人就是她的偶像，眼看任凡一直不想繼續當黃泉委託人，讓艾蜜莉一直覺得很難受，所以只要一有空閒，艾蜜莉總是喜歡這樣纏著任凡，要他重當黃泉委託人。

利迪亞似乎已經很習慣這樣的吵鬧場面了，安穩地躺在窗邊，瞇起眼睛曬著日光浴。

戴爾在後面看著艾蜜莉一直鬧著任凡的模樣，苦笑地搖了搖頭。

這時戴爾想起，任凡在一開始時似乎講過，艾蜜莉是個麻煩之類的話，如果再加上任凡在空屋中，對那個中年婦人所說的話……

難道說，這男人打從那個時候就已經知道這是個陷阱，而且還故意去踩這個陷阱？

這一切，該不會都在任凡的掌握中吧？

一想到這裡，戴爾的臉色變得訝異。

「怎麼啦？」似乎感覺到戴爾有點不太對勁的任凡，轉過身來問戴爾。

「沒事，」戴爾搖搖頭苦笑地說：「我好像認識了一個很不得了的人。」

想不到任凡竟然只是為了不讓艾蜜莉擔心，明知道是陷阱，卻還大剌剌地踩進去，光是這種豪氣與勇氣，就已經讓戴爾佩服得五體投地了。

「是嗎？」任凡淡淡地說：「有機會可以介紹我認識一下。」

「戴爾你不要打岔啦！」艾蜜莉鼓著嘴抗議：「我在跟大哥哥說很重要的事情啦！」

戴爾苦笑地搖搖頭。

哪來什麼重要的事情，不就是一路上不知道已經求過多少次的話題嗎？

不過戴爾還是閉上嘴，繼續讓艾蜜莉鬧著任凡。

看著任凡的背影，戴爾雖然佩服，但也知道接下來的困難，肯定只會越來越多。

雖然這一次任凡看穿了那個中年婦人的陰謀，也躲過那片死亡森林的陷阱，但這等於也知道了在中年婦人的背後，還有一股強大的力量，正打算對任凡不利。

腹部有死神印記，後面還有「皇后」的追兵，光是這兩股強大的力量，就足以讓人生不如死了，可是任凡看起來卻像是毫無所謂的模樣。

「大哥哥最討厭了！」

在哀求不到一個確切的答案後，艾蜜莉又說出了這句熟悉的話。

戴爾知道，只要艾蜜莉說出這句話，就是哀求結束的時候。

「接下來我們要去哪裡？」戴爾趁著艾蜜莉放棄的時候，問著任凡。

任凡沉吟了一會，他心中其實早就已經有了一個目標。

原本還以為自己的雙眼是因為吃錯藥才會看不見，但在約翰的安排下，自己也做過了檢查，如果不是因為這樣的話，或許只有一個地方可以給他答案了。

任凡正打算去那個地方，搞清楚自己的眼睛到底是怎麼了。

「我們要去的是，」任凡回答：「一個被稱為『人世間最美麗的地獄』的地方。」

「那是什麼地方？」原本還在鬧脾氣的艾蜜莉，瞬間又轉為好奇地問道。

任凡笑而不答。

「吼唷！」想不到連這個問題也得不到答案，讓艾蜜莉氣到跺腳叫道：「我最討厭大哥哥了！」

艾蜜莉氣到彷彿頭上在冒火，但任凡卻是一臉滿意地微笑，在這個異鄉的午後，形成了強烈的對比。

只是三人現在都不知道的是，在那個被人稱為人世間最美麗的地獄的地方，會有什麼樣的奇遇等待著他們。

番外・命運的盡頭

1

不管是江飛燕還是謝任凡，來到這個異鄉都有著自己的目標。

如今，兩人的相遇讓彼此都完成了人生最大的願望，飛燕順利消滅了滅龍會，而任凡也終於找到、並且釋放了自己生母的魂魄。

然而兩人為了達成各自的目標所付出的代價，遠遠超出兩人想像。

在一度自暴自棄，卻被人救上岸後，飛燕確實打消了一命抵一命的念頭，但同時也接受了，任凡很可能真的已經死亡的事實。

從紅龍之眼甦醒以來，飛燕也已經經歷了無數的歷練，此刻的飛燕，確實比起當年來說，完全不是同一個層級。曾幾何時，他過去曾有的那種無力感，已經逐漸淡忘。

但是在與任凡聯手，以及被人打撈上岸之後，那種無力感又再度席捲而來。

他痛恨自己的無能為力，明明身上繼承的，是可以主宰人世間一切的雙眼，但是一直到現在，他卻連自己的命運都還沒有辦法掌握。

就算不是要抵抗這樣的命運，但他也真的想要知道，自己所踏上的這條，符合前面繼承人們期望的道路，到底通往何處。

因為如果真的只是為了消滅滅龍會，飛燕完全不能理解，畢竟以過去幾代傳人的實力，要做到這一點，根本就不難才對啊，何必犧牲自己？不，如果以一路走來的情況看起來，犧牲的絕對不只有那些繼承紅龍之眼的人，就連最後一刻的任凡也算在裡面的話，這代價絕對不低。

過去或許還有母親留下來的信，讓他知道接下來該做什麼，同時也知道事情並沒有就此告一段落，後面還有更多自己不知道的未來。

但如今，信件結束了，除了代表著自己失去方向，更讓飛燕難受的，恐怕還是事情真的就此告一段落。

這樣的想法開始浮現之後，就一直縈繞在飛燕的腦海中，揮之不去。

過去不管任何的危機，或者是任何的困境，只要想到「未來」，不管多苦飛燕都有自信可以熬得過。

因為他打從心裡相信，不只有自己的媽媽，還有那些繼承紅龍之眼的先人們，他們用了這雙眼睛的力量，所見到的未來。

但是在這個人生最黑暗的時刻，他對這些人都產生了懷疑，因為如今看起來，如果這就是最後的結局，那麼這些人的判斷，很顯然有很大的問題！

甚至飛燕自己都認為，與其要走到今天這個局面，還不如自己當年就跟他們拚個你死我活，不需要折騰那麼多年。

這是飛燕人生中，第一次質疑包含生母在內的先人，因為他實在沒有辦法接受。只是這樣的質疑，不只是讓飛燕感覺到氣憤難耐，更讓他的心裡徹底崩潰。如今的他徹底失去了方向，對於未來更是一片迷茫。

或許，在消滅滅龍會的同時，這就是一條他注定逃避不了的道路，只是當時的他，沒有足夠的警覺心去意識到這點罷了……

2

在被人救上來之後的幾天，飛燕漫無目的走在街頭，雖然已經打消一命償一命的念頭，但內心的痛苦與無助，卻日益增長。

他不打算回國，又或者可以說，他根本沒有臉回國，他不敢面對茹茵，更不想要讓其他自己所在乎的那些人，看到自己此刻的模樣。

也不知道這樣遊蕩了多久，等到飛燕回過神時，他發現自己身在一間酒館，而自己的面前，放著這間店最烈的酒。

過去的他沒有喝酒的習慣，不過他聽過很多人心情鬱悶時，就會想要買醉，這完全符合現在自己的需求。

很快，飛燕就發現當酒精在體內發酵，他終於可以讓自己的思緒獲得釋放，不再專注在一些只會讓自己痛苦的事情上，能稍微獲得解脫。

而這樣的解脫，是目前的他最渴望與需要的。

於是，這個堂堂紅龍之眼的繼承人，選擇了一條跟許多平凡人相同的道路，用酒精來麻痺自己的痛苦。

在那之後的每晚飛燕都會選擇一家酒館，然後在裡面喝個爛醉，他的世界也因此開始有了一些改變。

在過去清醒之際，飛燕常會看到一些先人記憶的片段，許多畫面會突然浮現在他眼前。

如今喝醉的情況下，類似的狀況變得更加嚴重，而且嚴重到有些片段飛燕根本分不清楚是現實還是記憶，就這樣反覆遊走在現實與虛幻之間，至少讓飛燕稍稍從自身的痛苦中得到一點解脫。

這些場景與畫面，雖然來得很突然，但飛燕還是能夠很快感受到當時繼承人的情緒，甚至有些還能立刻明白當下的狀況。

因為這些從某種層面來說，都算是「過往的記憶」。因此對飛燕來說，那種感覺就好像聽到某首熟悉的歌曲，心中會浮現出當時的感受一般。

他就好像一個被強迫待在戲院裡的觀眾，看著一幕幕被剪得亂七八糟，東拼西湊的電影般，只有滿滿的無奈。

但比起現實來說，這個只屬於他的「電影院」還是比現實好受。

對於那些「回憶」，飛燕不怎麼放在心上，哪怕這些場景，很可能就是某人生命的精華，飛燕也幾乎都是看過就忘。

不過在這無數的回憶中，有兩個景象，特別讓飛燕印象深刻。

第一個是那些遍布在雅典的許多神殿遺跡，看起來過去有至少一個以上的繼承人，特別喜歡這樣的地點，所以回憶中不時會出現許多類似的景象。

不過另外一個景象就非常特別了，有別於那些神殿遺跡的壯觀，這個特別的景象是一座像噴水池一般的小池子，沒有噴水的裝置，就只是單純的石製水池，佇立在路旁，點綴著街景。

第一次出現這座水池時，飛燕感受到回憶的主角心中充滿了哀傷。

對方走到水池旁，然後朝噴水池的水面看。

水面上映照出主角的臉，是一張對飛燕來說十分陌生的年輕女性，這對飛燕來說也算是相當新鮮的體驗。

因為在飛燕腦海的記憶中，清一色都是每代繼承人雙眼所見的景象，因此幾乎所有的記憶，都沒有辦法看到記憶主人的長相，除非對方剛好在照鏡子或者是像現在這樣才有可能透過雙眼看到。

這也是一開始，飛燕會對這個水池特別有印象的原因。

接著那個女子低下頭伸出手，摸向水池邊一個空無一物的地方。

從模樣看起來，那手勢彷彿在撫摸一個人的頭，不過從高度來看，如果真的有一個人的話，那大概是年紀非常小的孩童，身高頂多就與水池的牆面差不多高。

這感覺就好像有個看不見的人在那邊，第一時間飛燕還在想：這人是看得到鬼嗎？但立刻就想到留下回憶的人，都是紅龍之眼的繼承人，每個都是即便掉入地獄也看不到半隻鬼影的人，所以這假設根本不成立。

那麼為什麼都會在這邊像是安慰一個看不見的鬼魂呢？

不過這還不是這個水池景象最讓飛燕感覺到詭異的地方，更詭異的地方是——這場景還不止出現一次，而且飛燕非常肯定，不是同一個人。

會知道還是因為雖然人不同，但大家所做的事情竟然都差不多，先是到水池邊，透過水面的反射看到自己的容貌。

在那之後所有人都會不約而同地，對著那空無一人的地方，做出各種看起來彷彿在安慰人一樣的動作。

光是這一點就已經足以讓飛燕感覺十分可疑了，不過現在的他，完全沒有一探究竟的心情，畢竟這些場景的時間極短，可以提供的線索又太少，光憑這些簡單的線索，根本不可能找到這座水池。

所以即便場景一再出現，飛燕也一直都不以為意，一直到……她的出現。

飛燕的生母，也同樣出現在水池邊，然後做出了跟其他人相同的舉動。只是比起其他人來說，生母的模樣看起來更憔悴，飛燕透過回憶感覺到更加的哀傷。

那強烈的情緒，讓即便已經被酒精麻痺的飛燕，也感覺到難受。

雖然生母的出現，讓飛燕的心中也充滿了好奇與疑惑，但他已經不想再追求答案。

對他來說夠了，真的夠了，他不想要再追尋那些線索，探究那些未知的事物，因為他為此已經付出太過於慘痛的代價。

因此即便這個水池，接二連三穿插在許多場景中，彷彿在提醒著什麼，飛燕還是選擇無視，繼續他買醉的日子。

3

這一晚，飛燕又在一間陌生的酒館裡酩酊大醉，步出酒館時，連走路都搖搖晃晃。

這些日子由於身分的關係，擔心被警方盯上，所以即便喝酒，也從不會在同一間酒館喝第二次，因此周邊的環境，飛燕十分陌生。

不過他並沒有任何要去的方向，即便醉倒路邊也無所謂，就算真的在喝醉酒的時候被警方抓到，他也有絕對的信心，可以在清醒之後逃掉。

總之，只要不要在喝醉酒時，突然被人幹掉，其他的飛燕根本都不在乎。

就這樣搖搖晃晃地走在大街上，這時遠處突然出現一陣強烈的光，這段時間一旦飛燕喝醉，三不五時就會像現在這樣，眼前突然出現一些陌生場景與畫面，飛燕早已分辨不出到底是真實出現在眼前的，還是又是哪個繼承人的記憶。

那道光越來越接近，飛燕只是靜靜地看著，直到聽到一陣刺耳的剎車聲，飛燕才真正意識到那並不是什麼遙遠的記憶，而是真實發生在眼前的危機。

他猛然向旁一跳，避開迎面而來的燈光，整個人跌坐在路邊，背部還撞上了路旁的牆壁。

「該死的酒鬼！」飛燕聽到車上的人如此咒罵道，接著車子揚長而去。

飛燕感覺到背部傳來劇痛，酒精也讓他感到無力，於是他索性就這樣靠著牆坐在路邊。

剛剛的危險讓他頓時清醒不少，隨著酒精散去，心中那沉悶的感覺，也開始逐漸重新佔據自己的心頭。

或許，自己該多找間酒館，再喝個幾杯。

飛燕這麼想著，撐著地板站起身來，轉過身一看，整個酒都醒了。

只見自己剛剛為了閃躲車子，閃到路邊撞到的東西，竟然就是那個不斷重複出現在自己回憶中的水池。

他愣愣地走到水池邊，水池的水面反射出自己狼狽的容貌。

這到底是怎麼回事？

他看了水中的自己，腦中頓時陷入一片混亂。

回過神來，他突然想到接下來所有的人都會做的動作，下意識地朝水池邊看，剎那間一切都明朗了。

那個位置，正是剛剛自己頹喪地靠牆坐著的地方，而那個高度根本就不是什麼小孩的身高，而是自己坐在地上的高度。

——終於飛燕了解了這一切。

他們是在安慰自己，這也正是為什麼，自己的母親會是眾人之中，感受最為強烈的一個。

飛燕的情緒徹底崩潰，他頓時痛哭失聲，就好像遇到了親人一樣，情緒找到了一個出口。

他坐倒在地上，胸口這段時間以來所有累積的憤怒與傷心，此刻全部爆發出來，而先前對先人們的怨恨，此刻也跟著發洩出來。

在一片模糊的視線中，飛燕彷彿真的看到那些先前來到水池邊的先人們，在安慰著自己的模樣。

就這樣坐在水池邊，宣洩自己的情緒，直到陽光穿透雲層，照亮了四周的環境，飛燕就樣坐在水池邊一整夜，情緒也慢慢平復。

仰望著還有點灰的天空，飛燕想起了這一路走來，許多先人們就像現在這樣，不斷指引著自己前進，不過像今天這樣，眾人彷彿為了安慰自己一樣，來到這個無名的水池邊，倒是頭一遭。

這讓飛燕不免想著，如果自己也有那個能力，可以像他們一樣，將自己的想法與意念，傳達給後人的話，自己是不是也能做些什麼呢？

當然，他很清楚現在的自己，恐怕沒有這個力量。

飛燕站起身來，再度望向水池中那個狼狽的自己。

看到自己那落魄的模樣，飛燕無奈地笑了笑。

經過了一晚的沉澱，他知道這不可能是最後的結局，真正的終點，還遠得很，因此他需要振作一下了。

雖然前途依然茫茫，但至少，那份想要探究未來的心情，依然堅定。

尤其是現在自己的身上，已經肩負了任凡的命，不想讓他的犧牲白費，自己就有義務，親眼看看這條命運之路的盡頭到底是什麼樣的世界。

這一天，飛燕將任凡的死，背負在自己的身上，再度朝著新的目標前進。

雖然還不知道該去何處，不過他想起回憶中，多次出現的那些神殿，或許是個方向。

於是，飛燕再次踏上他的旅程，只是這一次，就連他自己都不知道目標究竟是什麼，只知道自己，不能就此停下腳步，不然任凡的死，就真的很不值了。

後記

大家好，我是龍雲，很高興在這邊跟大家相會。

在重新出版《黃泉委託人》系列之後，由於有一部分的劇情，跟先前的《紅龍之眼》有重疊，所以有收到一些讀者，詢問關於《紅龍之眼》的部分，因此這次的番外也算是多少交代一下飛燕這條線的一些軌跡。

其實這方面的內容，當時就已經設定好了，可惜的是《紅龍之眼》，並沒有繼續出版，所以這只能維持在設定的階段，現在有機會補足一些番外，就是希望在不爆雷的情況之下，多少帶出一點故事。

除了對過去有看過《紅龍之眼》的讀者，有點交代之外，也希望沒看過的人，可以多了解一點，這個跟任凡有著類似命運，卻踏上完全不同道路的兄弟。

只是因為年代久遠的關係，要回想起當時的設定，甚至要確定哪些東西有沒有寫過，確實也算是大工程。

不過還是希望可以把當時所想好的設定，呈現在大家面前，大概就是這樣的想法，誕生了這次的番外。

最後一樣，希望這次的小說大家會喜歡，那麼我們下次見。

龍雲

龍雲作品 36

黃泉委託人：顫慄之森

國家圖書館出版品預行編目資料

黃泉委託人：顫慄之森 ／ 龍雲 著. — 初版. —
臺北市：春天出版國際，2022. 01
面； 公分. —（龍雲作品；36）
ISBN 978-957-741-483-0（平裝）

863.57 110020470

ISBN 978-957-741-483-0
Printed in Taiwan

作者 龍雲
封面繪圖 啻異
總編輯 莊宜勳
主編 鍾靈
責任編輯 黃郁潔
美術設計 三石設計

出版者 春天出版國際文化有限公司
地址 台北市忠孝東路四段303號4樓之1
電話 02-7733-4070
傳真 02-7733-4069
E-mail story@bookspring.com.tw
網址 http://www.bookspring.com.tw
部落格 http://blog.pixnet.net/bookspring
郵政帳號 19705538
戶名 春天出版國際文化有限公司
法律顧問 蕭顯忠律師事務所
出版日期 二〇二二年一月初版
定價 250元

總經銷 楨德圖書事業有限公司
地址 新北市新店區中興路二段196號8樓
電話 02-8919-3186
傳真 02-8914-5524